新潮文庫

身体の文学史

養老孟司著

新潮社版

6600

目次

身体の文学史

身体の文学史

文学史は可能か

文学史というものが存在することは、以前から知っている。それが論理的に可能であるのかどうか、そこがよくわからない。そもそも歴史一般がなぜ可能なのか。私はいつも、歴史がなぜ可能か、という疑問を持ち続けて来た。ただいま現在のことすら、理解がおぼつかない。しかるに、そのおぼつかない現在が、過去に変わると、ものごとがあんがい明確になるらしい。そこがどうも、いま一つ、納得がいかない。死んだ人間は、文句を言わない。それが歴史を可能にする要件かと思ったこともある。たしかに、飛んでいる鳥が、どこに降りるか、それはわからない。降りてしまえば、それは「わかる」。そのていどのことであれば、過去は過去としてたしかに確定する。しかし、歴史家は、そういうことを調べているわけではないはずである。過去の確定自体は、歴史ではない。それは考古学である。

どこかに鳥が舞い降りたという意味での、過去の事実の叙述は、たしかに存在する。生物学でいえば、それが「進化史」である。シーラカンスや肺魚の親戚《しんせき》が陸に上がり、恐竜が栄え滅びて、人が生じた。そうした事実は無限にくわしく調べられる。それを順次記せば、進化史となる。しかし、シーラカンスから人に至るまでにも、すでに五億年が経過している。なぜそれが、一時間で読める「物語」になるのか。

進化史は、そんな簡単な話ではない。もっとはるかに複雑なものだ。それなら、どのていどに複雑なものか。読んで一日かかるものか。一ヵ月か、一年か。これまた際限がない。一生かかっても読み切れない進化史なら、それを書くことも個人には不可能である。個人に書き切れない歴史を、よってたかって多勢で書いたとしても、今度はだれがそれを読むのか。だから進化史ではなく、物語としての進化論が、実際には優越する。

進化を含め、歴史を客観的事実の連続として記載すれば、作業量は無限になってしまう。全地球上にわたる、五億年の歴史を記述するには、五億年以上が必要であろう。それはわかりきったことではないか。したがって、歴史家は（さらに当然のことだが、そういうものがあるとすれば、進化史家は）、完全に客観的な歴史ないし進化史などありえないと、はじめから知っているはずである。

では、歴史はどこまで「主観的」でよいか。

すでに述べた意味でいえば、歴史はつねに主観、すなわち脳の機能である。数億年なり数千年なりを、数時間の記述にまとめてしまう。それを可能だとするのが、脳の大きな特徴である。それがなぜ可能であるか、その根拠はこの際どうでもよろしい。それが可能であると、脳は信じている。なぜなら、歴史を書くからである。歴史は、その意味では、脳が持つことのできる、時空系の処理形式の一つである。その形式を、昔から「物語」と呼ぶのであろう。だから、歴史は神話からはじまる。

脳はこうして、さまざまな物語を描く。ただし、歴史という物語は、歴史的な事実との対応を求められ、科学という物語は、物理的事実との対応を求められる。では文学という物語の本家の物語は、どのような対応を求められるのか。作家という人間であろうか。

さらに、その文学に歴史はあるか。文学が人間に基礎を置くとすれば、人間はここ五万年変化していない。それなら、根本的には文学に歴史はない。さまざまな可能な変異があるだけである。では、文学史とはなにか。

文学史が「歴史」であるなら、それは事実との対応を求められよう。あるとき、だれかが、こういう作品を書いた。それならたしかに「歴史」だが、その種の歴史はさんざん勉強させられてきたような気がする。

私はかつて医学部の入学試験を受けた。当時は教養学部が済むと、医学部だけは、あらためて入試があった。その試験では、八科目を受験する必要があったが、そのなかで人文系の科目を一つ選択することになっており、私はなぜか、国文学史をとった覚えがある。答案では、物語について述べたような気がするのだが、「物語」ということばは、以来ほとんど使ったことはない。ただそこで記憶しているのは、物語について述べることは、物語自身とは、ほとんどまったく無関係だった、ということだけである。なぜ、そういうことになるのか。

文学は、理科系における数学のようなものであろう。数学が実験室における証明を要求されないのと同じように、文学の内容もまた、事実との対応を要求されはしない。しかし、文学がある種の「真実」を述べるものであることは、数学と同様であろう。両者は、現実の役に立つような、立たないようなところが、よく似ているだけではなく、脳の機能としては、明らかに食い合わせになっている。文学的嗜好《しこう》が、数学的嗜好と食い合わせだということは、経験的に、多くの人が知っていることである。逆に、音楽的嗜好と数学的嗜好は、重なることができる。脳は一つしかないから、ある種の類似機能は、一方を立てれば、他方が立たないようになっているはずである。この食い合わせは、おそらく脳のどこかの部分の入口にあって、どちらかが先にそこを通ってしまうと、他方が通りにくくなるという関係から、説明されるかもしれない。だから比較的若年のうちに、文科か理科か、それが決まってしまうのであろう。

文学の「歴史」が、ふつうの意味の歴史と違うのは、文学自体が、事実との対応をとくに要求されないという点にあろう。文学の内容がそうである以上、「事実」との対応をおけば、文学史は、文学自体とは当然関係が薄い「事実」を扱うことになってしまう。文学では、評論が主となるのは、ここに原因があろう。文学では、歴史がむしろ評論の形をとることになるらしい。これはおそらく、数学史、哲学史でも同じことであろう。いずれの分野も、それ自体の内部における整合性しか、根本的には問題にならないからである。

これらの分野で、「事実」に相当するものは、「書かれていること」以外にない。つまり作品の内容である。それ以外の事実、作家の生年月日とか、性別とか、男あるいは女出入りとか、それを扱うなら、文学「史」になるかもしれない。しかし、それが文学の辺縁に過ぎないことは、だれでも知っている。

ここで表題を「身体の文学史」としたのは、その意味での辺縁を書こうというつもりではない。文学のなかで身体がどう扱われてきたか、それを解析するつもりなのである。その意味では、内容はむしろ評論に属するかもしれない。ただ、この主題に、どのように歴史が関係するか、それは追って明らかになるはずである。

身体と文学

身体の見方が、歴史にとってきわめて重要であることは、明らかである。もちろん、歴史家はそんなことはあまり気にしない。なぜなら歴史家が関わってきたのは、主として権力—反権力関係だったからである。それが政治史であろう。

しかし、歴史にも社会史があるように、社会には、もう一つ、体制—反体制関係がある。体制＝権力というのが、私が学生だった頃の紋切り型の図式だが、身体を考えていると、どうもそれでは、説明が不十分になるような気がする。

反社会的行為と、反権力的行為の関係は、従来あまり敏感に分離されていない。しかし、身体に関わるもろもろの社会的なできごとは、むしろ反社会的行為とされるから、「権力」が介入するのである。ポルノグラフィーは、その好例であろう。エリツィンは政治体制をひっくりかえしたが、反社会的行為を行なったわけではない。革命は、反権力ではあるが、しばしば反社会ではない。中国では、昨日の泥棒は、今日の王様である。したがって、そこでは、泥棒は反権力だが、反社会ではないのであろう。

文学はおそらく、この二面を持っている。反権力としての文学なら、ノーベル賞をもらう可能性があるが、反社会では、まずダメであろう。私の定義では、反権力の文学は、むしろ体制文学だが、反社会の文学は、まさしく反体制文学である。すなわち、ここでは体制は社会体制であって、政治体制ではない。そう定義してみようと思う。社会体制は政治体制の基礎を作る。政治体制は、利害関係者以外にとっては、ほとんどどうでもいいことだが、社会体制はそれとは違う。すべての個人に関わるからである。文学のある種の問題が、この反社会性にあることは、周知の事実である。もっとも、この国では、文学は一部の写真ほどにも、反社会的ではないことも多い。

政治史だけではない。社会史は、歴史のうえでも、重要視されている。そういう異論が出そうだが、では社会史の基礎とはなにか。ある時期の歴史の局面が、次の歴史の局面を導く。それは数学でいうマルコフ過程だが、その種のモデルは、論理としてはともかく、歴史を書くためにはとても使い切れない。前の項で歴史は可能か、と論じたのは、その意味を含んでいる。そうかと言ってマルクシズムは、私を納得させたことはない。

ここではそれより、社会は脳の産物であることを主張する。いわゆる共同幻想論は、それを別のことばで言うものであろう。社会も文学も、いずれも脳が生み出したものだが、それが身体をどう扱うかを吟味することは、社会を考える基本だと私は考えている。なぜなら、社会を作ることによって、人は自然から離陸したわけだが、そこで引きずっていかざるをえない自然性は、身体に凝縮されているからである。

社会をどうするかは、脳が決めるが、身体はそんなことに耳をかたむけはしない。社会はしたがって、身体をもともと邪魔にするわけだが、そうかといって、こればかりは、人間が人間である以上、社会から追い出すことはできない。そこで、その「文化的」取り扱いを、たえず考えるわけである。それを私は、身体の脳化と呼ぶ。文学は、はたしてその「文化的」取り扱いのうちに、含まれているのか否《いな》か。これが私の大きな問題意識の一つである。

人はなぜ服を着るかという、いささかアホらしい疑問は、社会的には、そのままポルノ裁判に通じているらしい。しかし、その関係を、論理的に説明できるであろうか。服を着ることを、だれであれ、当然と受けとめている。しかし、それを着けない社会があることは、だれでもやはり知っているのである。性、排泄《はいせつ》、暴力といった身体表現は、しばしば文学の主題となるが、そのこと自体が、もともと文学が一種の反社会性を持っているという常識とかみ合う。しかし、文学は、体制の側に立つのか、反体制の側か。『太陽の季節』、あれはいったいなにか。

フーコー流にいえば、文学における身体の取り扱いは身体を隠蔽《いんぺい》する装置として機能するのか、否か。文学の意図にはもちろん、社会的な指向はないかもしれない。しかし、哲学と同じように、文学がまったく言語表現に頼るということは、それ自体として、有力な社会装置になっていることを示している。すでに述べたように、社会は脳の産物であり、人の脳でもっとも強力な機能は、言語だからである。さらに、「すぐれた」文学が、ノーベル賞であれ、文化勲章であれ、社会的に表彰されるということは、作家自体がどう考えているにしても、文学が有力な体制装置であることを示す。とすれば、作家であることより、表立って官僚であることのほうが、まだ誤解の余地が少ないともいえる。官僚は体制に奉仕するものであることが、はなから明白になっているからである。

その点では、文学のほうは、あらためて解析するほかはない。ここではもちろん、体制に価値観を含めているわけではない。社会はいずれにせよ、なんらかの「体制」を持っている。それだけの意味に過ぎない。文学のなかに表われる身体が、そうした体制をどのていど反映しているか、それが私の第二の問題意識である。

胎児の夢

原則的な議論はともかくとして、まず最近の具体的な事例を当たってみよう。

文学を脳という観点から見たら、どう見えるであろうか。最近それにもっともよい例を提供してくれたのは、真名井拓美氏の『胎児たちの密儀』（審美社）である。これは、「胎児記憶」にもとづく作品論である。

胎児記憶が一種の社会的禁忌であることは、おわかりであろう。真名井氏も、「あとがき」のなかで、「一般に認容されていない生の領域」と書いている。胎児記憶は、それをもし子供が述べたとすれば、一般に「大人たちから、ありえないとされる」ものである。利口な子供なら、そこで引っ込む。禁忌に気づくからである。胎児期ではないが、三島由紀夫の産湯《うぶゆ》の記憶は、子供が引っ込まなかった、珍しい例であろう。真名井氏は、それが生後であることに、とくに留意している。生後の記憶は、まだ許されるからである。

胎児にまったく記憶がないかどうか、それはわからない。最近の実験は、胎教を証明するような事例を報告している。たとえば、出生前に一日二回、同じ話をテープで聞かせる。生まれたあとの赤ん坊は、その話に反応することが、乳の吸いかたでわかる。あるいは、胎児であっても、繰り返し同じ話を聞かせていると、聞かせている間は、心拍数が有意に緩徐になることで、話が影響しているとわかる。

したがって、胎児が複雑なパタンの聴覚刺激を記憶するらしい証拠はある。すでに、母親の心拍が子供に安心を与えるらしいことは、よく知られている。したがって左手に子供を抱くほうが、子供がおとなしい。マドンナの絵は、七割が左に子供を抱いている。これも、胎児記憶といってよいであろう。それが、「意識的」記憶にならない理由はいまのところわからない。単純な推測は、発育によって脳が大きく変化することであろう。脳の変化は、記憶を変えるはずだからである。したがって、通常は、髄鞘《ずいしょう》形成と呼ばれる神経繊維の生物学的な被覆を含めて、脳の配線が完了する時期、常識的には三歳以降しか、記憶が残らないと見なされるのである。

しかし、それなら、胎児の記憶が禁忌とされる理由はない。そこには、なにかがあるはずである。身体とともに、子供が、脳化社会では、自然性を強く表現するからであろう。身体とともに、子供の扱いが、社会をよく示す。生まれたあとなら「教育が効く」が、出生前では、どうにもならない。胎教の流行は、脳化の進行としてもとらえられる。

夢野久作は、「胎児の夢」という表現を用いた。『ドグラ・マグラ』のすべては、胎児の夢かもしれないというのである。真名井氏はこの作品を分析していないが、これは分析の対象というより、真名井氏と類似の主題を扱ったと見るほうがいいのであろう。

真名井氏がとりあげた作家は、とくに三島由紀夫であり、なかでも『仮面の告白』と『金閣寺』である。作家論としてなら、この二作品が、主として論じられる理由は明白である。自伝的要素が強いからである。真名井氏の方法は、自己の「胎児記憶」をもとにして、三島の作品のなかの表現を解釈していく。その対応関係の把握には、かなりの説得力がある。

私が説得力を感じたのは、じつは著者の論理だけからではない。驚いたのは、そこでとりあげられている引用部分が、身体論から私がとりあげようとした部分と、大きく重複していたことである。私自身は、真名井氏のように、胎児記憶を持っていない。持っているという覚えはない。しかし、それがあろうがなかろうが、真名井氏が読む部分と、私が読む部分とは、重複しているのである。

『胎児たちの密儀』の第二部に示されるように、真名井氏は神秘傾向を持っているから、これに別な解釈を与えるかもしれない。しかし、脳から文学を読むときに、胎児記憶という解釈が存在する可能性を示した点で、真名井氏の書物は興味深い。それが、身体論から読んだときと、類似の例を引きだすことは、十分に考えられることである。真名井氏の論理を、胎児記憶ではなく深層心理に置きかえることは、容易にできるかもしれない。しかし、心理はつねに「あと知恵」である。心理という方法は、真名井氏の列挙したような対応関係を、発見することはないであろう。仮説が発見を導くのであって、解釈が導くのではない。

胎児にしても、身体にしても、脳化の産物ではない。それはもともと存在するものである。私はそれを自然と呼んでいる。自然という観点から文学を見ると、奇妙な観点の一致が生じるらしい。真名井氏の場合に、胎児記憶の抑圧と見える部分が、私には身体性の抑圧に見えたのである。それは、広い文脈では、脳化社会による自然性の抑圧と呼んでいい。だから、私は、胎児記憶を一笑に付することはできない。それも一つの、当然の試みなのである。

ここにもすでに、右に述べた、文学の「反社会」性への解釈が存在している。もし真名井氏の解釈が正しいと仮定すれば、三島にせよ、氏のあげる他の作家にせよ、胎児記憶を強く抑圧していることになる。でも、それはなぜか。真名井氏自身も、こうした解釈を一般には「受け入れられがたい」ものと考えておられるらしい。それを私は、社会の禁忌と考えざるをえない。しかし、そんなものが、なぜ禁忌か。

社会の禁忌ではなくて、ただ本人の心理だとしたら、どうか。胎児の記憶を復活することは、現在の自分を破壊することである、と。理屈ではわかるが、説得力はない。もちろん、人間の脳が、それほどに矛盾をはじめから内在したものだ、と仮定すれば別である。しかし、そんな脳なら、自己破壊して正解であろう。論理的には、それでつじつまがあっている。そこまでつじつまのあった話に、そこで閉じるから、議論の余地はない。発展の余地もない。放っておくしか、仕方がないのである。

胎児の記憶は、もしあるとしても、身体の問題と同じように、社会の禁忌に触れるであろう。性にせよ、暴力にせよ、存在することは当然である。問題はその「見なし」の方法であって、それは社会的に定まる。胎児記憶には、まだその「見なし」が存在しない。ある特定の統御条件を満たすものとして、社会は「見なし」を作り上げる。身体に衣服を着せることは、典型的な身体の「見なし」である。それによって、自然としての身体は「人工身体」と「見なされうる」。社会は、その内部に存在せざるをえない自然に対して、かならずそうした統御可能の「見なし」を行なう。胎児の記憶などというものはそこでは「存在しない」。そうした「自然性」が事実存在するなら、ただちに「見なし」が必要となるからである。もちろん、あるかないかもまた典型的な「見なし」である。それには、脳という器官が、そのなかにないものを存在しないと「見なす」という性質を持つことが、重要な背景になっている。

身体の文学史

見なしとしての身体は、この国ではほとんど常識と化している。江戸以降の世界では、身体は統御されるべきものであり、それ自身としては根本的には存在しない。鷗外は『ヰタ・セクスアリス』を書くが、そこには身体は存在していない。あるいは、完全に統御されている。高校時代に読んでこのかた、まだこれを私は読みなおしていないが、記憶に残っているのは、芸者が「帯を解かずにうんぬん」というところだけである。そこでは身体そのものが、記述からも消失しており、当方の脳裏に浮かぶだけである。このくらい、わいせつな身体はない。だから、いまだに私の記憶に残っているのであろう。漱石に至っては、ずいぶん愛読したが、身体どころか、代表作は『こころ』ではないか。これはもちろん、偶然ではあるまい。身体の消失の裏は、心の優越だからである。

身体の消失自体は、一般的な文化現象ではない。むしろ西欧的な文化と、鋭く対立する点であろう。自然の排除、人工空間の創出は、それに対して、一般的といってよい。それらは、「脳化」の好例である。スウェーデンでは、ポルノグラフィーは解剖学の問題だが、エリカ・ジョングは、わいせつとされるという。それなら、鷗外もわいせつである。ただし、この国では、ポルノグラフィーのほうが、わいせつとされるのは、周知のごとくである。こうした違いは、いずれ議論する機会があろう。

北欧は日光に乏しいから裸でいる機会が必要である。ゆえに裸に寛大なのだ。この種の機能論は、あらゆる社会的「見なし」装置の解釈として、頻繁に利用される。解剖学すら、その影響を強く受けた。機能解剖学が強かったからである。

衣服を着るのは、防寒のためである。話がそれだけだとは、制服を強制される中学生ですら、信じないであろう。それなら、自然性の統御のための「見なし」装置である。そう教えたほうが、はるかに問題の解決に役立つはずである。どうせ当人だって、学校に裸で来たがるわけではないからである。それに、いずれは、なんらかの意味で、社会的強制に服すほかはない。軍服、警官の制服も、同じことであろう。両者ともに、暴力装置であることに留意されたい。そこでは、当然ながら、より強い統御の「見なし」が必要である。学生もまた、これから「社会に入る」という意味で、十分に脳化していない以上、制服という「見なし」が必要だったのである。もちろん、「見なし」は直接に「本人のため」ではないことが、子供に理解させるのが困難な点である。

鷗外や漱石の時代が、江戸の延長であることは、身体の扱いでわかる。心身に関して、かれらの作品には、ほとんどなんの矛盾の表現もない。黒田清輝《せいき》の裸体画ほどの西欧の影響も、そこにはないのである。明治維新はたしかに変えるべきものを変えた。しかし、江戸に存在して、維新以降に伸びるべきものは、徹底的に伸びたのである。解剖学はその典型であろう。洋学だから伸びた。そう単純ではない。商品が売れるためには、需要が必要である。『蘭学事始《らんがくことはじめ》』の百年以上前、一六四三年に、アンドレアス・ヴェサリウスの解剖書が輸入されている。その影響は、ほとんどあとかたもない。そこでは、身体の知識に対する需要が、まだ欠けていたのである。解剖学の需要を用意したのは、百年にわたる、江戸体制の身体性の欠如である。

鷗外の「人道主義」は、『山椒大夫《さんしょうだゆう》』に表われる。安寿《あんじゅ》は殺されないし、厨子王《ずしおう》はひどい復讐《ふくしゅう》をしない。それは西洋の影響である。それなら話は簡単だが、そうは行かない。柳田・折口風の鷗外批判は、中世に回帰する。それは、この国の文脈で考えてみれば、江戸批判であろう。右の文脈でいえば、それが同時に、もっとも根本的な西洋化批判であることに注意されたい。明治の近代化とは、江戸の「部分」が延長したものだからである。その江戸に対立するものは、基本的には中世である。

江戸に需要がすでに存在したものは、明治以降はどんどん伸びた。需要がなかったものは、取り入れられなかった。それが和魂洋才であろう。思想において、資本主義の原理は、すでにはたらいていたのである。思想が先行する以上、この国の資本主義が成功して、なんの不思議もない。

意識的なものとして、身体の役割が最初に文学に登場するのは、芥川であろう。自然主義に身体が登場しないわけではない。しかし、それは、まさに自然主義として登場するのであって、いわば解剖学的身体である。その意義は、別に論じるべきであろう。

芥川に登場する身体は、ある特徴を持っている。それは主人公を引きまわすのである。『鼻』および『好色』は、その好例であろう。ただし、『鼻』では、具体的に鼻が、『好色』では排泄物が、人間を動かす。身体という主題に関して、芥川自身の態度を示すのは『羅生門』である。ここに登場する下人は、死人の髪を抜いてかつらを作る老婆《ろうば》をけ倒して、いずこともなく去る。この下人の気持は、芥川の気持であろう。この芥川の感情は一般的な日本人の感情であり、脳死後臓器移植問題の議論に、そのままの形で、いまだに表現され続けている。私にとっては、身体に対するこの感情が、文学にはじめて意識されたものとして、『羅生門』が評価されるのである。

芥川がこの時期に身体という主題をとりあげたのは、どのような理由であろうか。鷗外や漱石の時代にあった心身の江戸的な一致は、ここにはもはやない。身体はここで、「心の統御」から、どうやら逸脱を始めたらしいのである。身体の消失という江戸以来の事態に、芥川が気づいたことは明らかである。それが単に『今昔物語《こんじやく》』を読み、そこにあって、今にないもの、それに気づいただけであったか、あるいはなにかの必然だったか。これがまさに、「歴史の問題」であろう。

しかし、同時に、軍国主義がやって来る。身体の統御は、軍隊という形のなかで、いわばねじくれて進む。軍隊では、身体は存在しなくてはならないが、他方では、統御されなくてはならない。「ここは娑婆《しやば》とは違う」という論理で、新兵を殴るのは、ゆえに身体性の教育にほかならない。それを思えば、一般社会では、相変らず江戸以来の身体消失の伝統が、十分に生きていたというほかはない。ついには、神風特別攻撃隊において、身体の無視、心の優位という江戸の伝統は、奇妙な復活を遂げる。これが、軍隊のなかで、明治以来の「近代的な」軍隊の終焉《しゅうえん》と見なされたということは、当然のことであろう。付け焼き刃は、身に付かなかったのである。

戦後の文学に「肉体派」が発生したのは、当然であろう。それはついには清水正二郎のポルノグラフィーに至り、ご本人の言によれば、為永春水《ためながしゅんすい》でさえ手鎖三ヵ月なのに、俺は日本の歴史はじまって以来、ポルノを書いて実刑を食らった、という述懐になる。それ以後、伊藤整から始まって、文学とワイセツ性がいくつか問題となるが、その議論に至っては、なにが問題か、いっこうにわからないものになった。それはおそらく江戸回帰が生じただけであるが、脳化が進んだ分だけ、身体統御の「見なし」がきつくなったのである。いまになれば、それとわかる。

そのなかで、やがては三島由紀夫が、かならずしも作品を通じてではなく、自分の身体を通じて、身体の自律性と、日本の伝統という矛盾を、言語ではなく、現実という画布のうえに描くことになる。

身体に関しては、この国はほんとうに変な国である。脳死臨調の少数意見もそうだが、特攻隊と同じで、ほとんど無茶を言っても通る。これから機会あるごとに、文学と身体の関係を具体的に考えるつもりだが、どうしても寄り道が多くなるのは、私の議論も、軍隊の殴打《おうだ》と同じで、まず身体という「ないもの」を存在させ、それからその統御を論じるという、二重の手続きがいるからである。そういう変なものを、職業的に扱わざるをえないとは、なんの因果か。

芥川とその時代

芥川の時代

大正三年は、一九一四年である。この年、芥川龍之介は二十二歳、処女作『老年』を書いた。『羅生門』は翌大正四年、さらに『鼻』は大正五年一月である。

もし明治元年を、日本史の一つの切れ目とするなら、つぎの歴史の切れ目は、昭和二十年、すなわち敗戦であろう。大正三年とは、明治元年から四十七年目の年であり、他方、昭和二十年から数えれば、平成三年が、同じく四十七年目となる。

こんな数合わせのようなことを記したのは、芥川にとって江戸とは、いつごろのことだと思えたものか、それを感覚的に知ろうとするためである。すなわち、歴史を約八十年ほど過去にずらしてみれば、今年ちょうど大学を卒業したくらいの年齢の若者が、「戦前」というものをいま考えているように、芥川は「江戸」を、あるいは明治維新を、考えたに違いない、ということである。

もちろん、その間に、時の流れはいささか変わったかもしれない。社会の変動は、はるかに加速された。そういう言いかたもできないことはない。しかし他方、いまでは人びとが長命になり、その分だけ世代の交替は遅れ、基本的な思想の変化は遅れている。そう反論しても、いいかもしれないのである。したがって、こうした数合わせも、扱うべき問題によっては、参考にならないわけではあるまい。維新や敗戦のような、大きな社会的変動は、そう頻繁にあるものではない。しかも、人間を含めて、動物とは、そう短期間に、その行動が変化するようなしろものではない。そう思えば、維新対芥川、敗戦対われわれという図式は、ごく常識的な対応関係を示してくれるであろう。

この大正のはじめとは、いかなる時期であったか。源了圓《りようえん》氏は『型』（創文社）のなかで、次のように指摘する。

「私にとってこの問題（注・「型」という問題）についての第一の触発になったのは、戦後間もなくの唐木順三《からきじゅんぞう》氏の「型の喪失」と題する評論であった。唐木氏はこの中で、大正四・五年に日本の近代精神史における断層が生じたというきわめて注目すべき見解を示しておられるが、その徴候として氏が掲げているのは、漢文を古典としない世代の登場ということである。すなわち阿部次郎・小宮豊隆《とよたか》・安倍《あべ》能成《よししげ》・和辻哲郎《わつじてつろう》・武者小路実《むしゃのこうじさね》篤《あつ》・志賀直哉・柳宗悦・長与《ながよ》善郎《よしろう》らのいわゆる「大正教養派」や「白樺《しらかば》派」の成立がそれである。」

要するにここで「型の喪失」、すなわちある種の日本文化の切れ目が生じる、という。それがどういうものであったか、これだけ人名が並べてあれば、それはそれなりにわかりやすいであろう。もっとも、それも読む人の世代によるかもしれない。いまの若者であれば、これではいったいだれのことやら、なんのことやら、皆目見当がつかない、そういう懼《おそ》れも多分にある。それはそれとして、私にとって気になるのは、ちょうどこの時期に文壇に登場した芥川が、ここに加えられていないことである。

この「漢文を古典としない」世代のなかに、当然芥川が言及されていい。わたしはそう思う。もちろん、鷗外に私淑し、漱石に師事した芥川が、漢文に無縁なはずはない。しかし種本として芥川が引用した書物が、たとえば『聊斎志異《りようさいしい》』であり『枕中記』であり『通俗漢楚《かんそ》軍談』であり『剪燈《せんとう》新話』であり、あとはたかだか『史記列伝』だとなれば、これを「漢文を古典とする」と言っていいのかどうか、いささか心配である。

とはいえ、筑摩《ちくま》版「芥川龍之介全集」の月報六に、中村哲氏は以下のように書いている。

「成城高校で漢文を習った岩垂憲徳という先生が、府立三中で芥川を教えたということであって、彼の漢文の勉強ぶりを賞賛していた。僕らは友人たち数名と放課後この先生のお宅で漢詩を習ったが、そこで芥川の中学時代の作文をみせてもらった。……芥川は大学に入るとき、支那《しな》文を専攻しようか、英文にしようかと迷ったそうで、岩垂先生がそれを知っているのだから、旧師のところへでかけて相談でもしたのであろう。そういわれてみると、芥川の漢学の素養は相当なものである。」

これがいわば、芥川の漢学に関する通説であろう。当然のことだが、これでも知られるように、芥川は若くして漢文を読まなかったわけではない。しかし、「漢文を古典とする世代」「ではない」、どちらの意味においても、芥川はやや異なった立場にあったように思われる。かれはおそらく、文学としての漢文にのみ、強く親しんだ。それは、「漢文を古典とする」意味とは、いささか異なったはずである。したがって、先の源了圓氏のお仕事との関連でいえば、たとえば『侏儒《しゆじゆ》の言葉』にある「荻生徂徠《おぎゆうそらい》」という次の一節は、わたしが徂徠に親しむことを、数十年遅らせる効果を持ったのである。

「荻生徂徠は煎《い》り豆を噛《か》んで古人を罵《ののし》るのを快としてゐる。わたしは彼の煎り豆を噛んだのは倹約の為《ため》と信じてゐたものの、彼の古人を罵つたのは何の為か一向わからなかつた。しかし今日考へて見れば、それは今人を罵るよりも確かに当り障《さは》りのなかつた為である。」

芥川においては、徂徠の位置は明らかに低い。芥川は徂徠を、右のように理解した、あるいは理解しなかったのである。それが時代だった、と言ってもいい。徂徠は江戸中期に理解され、その理解はしだいに失われ、むしろただ単に名のみが高く、そのため「漢文を古典とする世代」の消失とともに、その評価はおそらく最低線に達する。逆に現代では、徂徠の評価ははるかに高い。これはもちろん、現在の「江戸時代の見直し」と関連が深い。

解剖学でいえば、わが国最初の官許の解剖を行なった山脇東洋《とうよう》、あるいは解剖に蘭学《らんがく》を導入した杉田玄白は、いずれも物子《ぶつし》すなわち徂徠に私淑した。徂徠は、思想的には、近代を準備したといっても過言ではあるまい。東洋は『蔵志』に言う（以下の書き下し文は、岡本喬『解剖事始め』、同成社刊による）。

「初め尚徳（東洋）、齢《よはひ》強仕に近く、始めて物子の書を得て読む。爽然《さうぜん》として自失すること、猶《なほ》大洋を望むがごとし。愈々《いよいよ》読みて愈々信ず。夜は以《もつ》て昼に継ぎ、倦《う》むことを知らず。終《つひ》に其《そ》の学ぶ所を舎《お》き、意を決して物子の道に向かひ、勇往直進し、生涯の方定まる。豈《あ》に天の寵愛《ちようあい》に非《あら》ずや。時去り機失し、其の門に及《いた》らず。悔嘆いづくんぞ已《や》まん。然《しか》りと雖《いへど》も、今にして幸ひ二三子の後に従ひ、辱《かたじけな》くも質正を賜《たま》ひ、旧染を澡浣《さうくわん》することを得たり。すなはち物子死して亡《ほろ》びずと謂《い》ふべし。」

『蔵志』に載せるとはいうものの、これは東洋が服部南郭《はつとりなんかく》に送った手紙である。東洋は、四十ではじめて徂徠を読み、いかに感激したかを語る。「爽然として自失すること、猶大洋を望むがごとし」というのだから、それまでの漢学の教養を、いかに狭苦しく思っていたか、それがよくわかる。念のためだが、東洋が具体的に解剖に参画したのは、齢五十である。「残念ながら時宜を得ず、直接徂徠先生に弟子入りは叶《かな》わなかった。しかし、先生門下の先輩たちに教えられ、朱子学のなごりを払拭《ふっしょく》した。徂徠先生の学問は、なお自分のなかに生きている。」と述べるのである。

もし漢学を江戸の教養と見なし、たとえば徂徠をそれて含めるなら、江戸趣味を知り、いかに学殖豊かとはいえ、芥川もまた、この「断層」の世代の一人であろう。四書五経を、支那の小説より真面目《まじめ》に勉強したとは思えない。いわんや、江戸の儒学においてをや。

大正四・五年という時期は、維新以来ちょうど半世紀という歳月を経ており、いまで言えば、戦後になって、吉本ばななの登場というところであろう。だれも、吉本ばななを、わざわざ戦前や敗戦と結びつけたりはしない。同じように芥川の時代には、維新や江戸は、教養としても生活感覚としても、ずいぶん遠くなっていたはずである。

大正時代は大衆社会のはしりとされ、現在のわれわれの生活ときわめて類似した部分が、はじめて出現した。自動車が導入され、兵器が世界水準に達し、いまも残る多くの株式会社が生まれ、コカ・コーラが売り出され、さまざまな広告が生まれる。私の母に言わせると、当時すでにシトロエン・クラブというのがあり、車に乗って日光あたりに遊びに行ったものだよ、ということになる。

わたしが芥川に注目するのは、こうした背景のなかで、芥川の小説が一見奇妙な主題を取りあげたからである。それは、かれの『今昔《こんじやく》物語』の採用である。それが「身体の文学史」といかに関連するか、それは以下に述べるとおりである。

『今昔物語』と芥川

周知のように芥川には、今昔あるいは宇治拾遺《しゅうい》のような古い物語から題材を採った複数の作品がある。『青年と死』、『羅生門』、『鼻』、『芋粥《いもがゆ》』、『運』、『偸盗《ちゅうとう》』、『藪《やぶ》の中』、『六の宮の姫君』、『往生絵巻』、『好色』などが、その出典を明白に今昔物語にたどることができるものである。これらの多くが、初期の作品だったことが、芥川の印象をある意味で定めた。なぜ若い芥川は、多くの題材を今昔に求めたのか。当然の結論だが、私はそこに、時代とともに、芥川の感性を見る。おそらくかれの時代は、今昔を「消す」方向に向かっており、芥川の感性は、それを逆手にとって、今昔をみごとに「生かした」のである。

すでに述べたように、芥川の時代には、江戸は遠くなっていた。維新は江戸の多くの呪縛《じゅばく》を解いたはずである。しかし、見方によっては、維新とは、江戸にかけられたフィルターすなわち濾過器《ろかき》であって、それ以上のものではない。江戸という主体は、その濾過器を通り抜けることによって、ふたたび近代日本を形成する。それをそう思わなかったのは、もちろん明治の人たちである。なぜならかれらは、とくに政治を重視したからである。政治体制がすっかり変わった以上は、すべてが変わったはずだ。政治をすべてだとするこうした思想こそ、すなわち江戸の思想そのものであって、それはそのまま、明治の歴史観にしばしば延長している。徳富蘇峰《そほう》の『近世日本国民史』の「徳川幕府思想篇」でも見ていただけば、思想ですら政治思想のみだと信じられていることが、ただちに理解されるであろう。すべてが「御一新」だというのは、一億玉砕と同じことで、当時の人がそう思っただけのことである。

逆に和魂洋才という表現は、明治維新が単なる濾過器として機能した面を、端的に表している。維新を「自然に」通り抜けたものが、いわば「和魂」であり、「和才」のうち、無事に濾過器をくぐったものはさらに伸び、くぐれなかったものは滅びた。たとえば、山脇東洋以来の解剖学は、無事に濾過され、洋才すなわち蘭学・洋学に姿を変えて、今日まで伸長した。しかし、江戸以来の漢学は、その濾過器をくぐり損ねたらしい。もし、その濾過器に主体的な意図が混じったとすれば、たとえばそれが、国学の伸長であろう。しかし、無理に濾過器を通らせたところで、あとが伸びない。敗戦という次の濾過器を、国学は通り抜けようがなくなって立ち枯れる。

大正とは、維新という濾過器の影響が、ひと落ち着きした時代である。われわれが生きている現在と、敗戦とは、もはやほとんど直接の関係がない。現在とは、十代、二十代の年齢で敗戦を通り抜けた人たちが、社会からしだいに引退していく時期である。維新に関して、芥川の時代もまた、それとまったく同じことであったであろう。そこではすでに、江戸は直接の体験ではなくなっていた。そこでは、無意識に濾過器を通り抜けた「江戸の本質」は、「当然のこと」と見なされたはずである。私が注目するのは、その面である。社会の人工化がふたたび進み出すという意味において、大正はおそらく江戸回帰、すなわち中世あるいは今昔からの離反が進もうとする時代であった。竹久夢二ひとりを考えても、その傾向があるいは理解され得るであろう。

歴史でもっとも困難な部分は、そのときの人間にとって、なにが「当然」だったか、ということである。それが当然である以上、当然は意識されない。意識されない以上、それは、直接には、その当時それとして記述されない。すなわち、後人にとって内容としてではなく、ただなんらかの「形式」として、認められるだけである。たとえば、あることに「触れない」というのは、ある時代の表現の常識であろう。いまでも、それはある。だから、たとえば、新聞の政治記事が理解できない。「書かれた内容がすべて」という見方をとれば、その「触れない」という常識の部分は、歴史から落ちてしまう。しかも「触れない」というのは、内容ではなく、「形式」と呼ぶほかはない。

当時の文学にとって、今昔物語はきわめて異質な物語だったはずである。西尾実氏によれば「明治末年までの日本文学史では、今昔物語などほとんどかえりみられてはいなかった」のである。芥川はその「異質」を題材としてとりあげた。したがって、そこにかれの「感性」がある。それが「異質」だということは、したがって逆に、当時の「当然」あるいは「常識」を照射する。その当然とはすなわち、素直に濾過器を通過した江戸だった。

文学では、しばしば個人の資質を重視する。それは、自然科学の世界でも同じである。だから、芥川が今昔から題材を採ったのは、かれの資質だ、ということになる。そこを除けば、しかし、芥川の作品は、しばしば「完成している」と評された。完成しているとは、内容、形式ともに備わるということであり、じつは、時代そのものだということになる。さもなければ、時代はそれを理解しない。若者が書いたものであるにもかかわらず、芥川の作品は、その意味では、いっこうに「新しい」ものではなかったのである。

今昔については、芥川自身に、「今昔物語に就いて」という一文がある。芥川の見た今昔は、おそらくこれに尽きていよう。

芥川はまず、今昔の表現には、「美しい生まなましさ」がみなぎっている、という。そしてその具体例を挙げる。そして、さらに言う。

「この生まなましさは、本朝の部には一層野蛮に輝いてゐる。一層野蛮に？——僕はやつと『今昔物語』の本来の面目を発見した。『今昔物語』の芸術的生命は生まなましさだけには終つてゐない。それは紅毛人の言葉を借りれば、brutality（野性）の美しさである。或《あるい》は優美とか華奢《きやしや》とかには最も縁の遠い美しさである。」

「尤《もつと》も『今昔物語』の中の人物は、あらゆる伝説の中の人物のやうに複雑な心理の持ち主ではない。彼等の心理は陰影に乏しい原色ばかり並べてゐる。しかし今日の僕等の心理にも如何《いか》に彼等の心理の中に響き合ふ色を持つてゐるであらう。銀座は勿論朱雀大路《もちろんすざくおほぢ》ではない。が、モダアン・ボオイやモダアン・ガアルも彼等の魂を覗《のぞ》いて見れば、退屈にもやはり［今昔物語］の中の青侍や青女房と同じことである。」

こうして芥川は、今昔のなかに「生まなましさ」と「野性の美しさ」を発見する。発見するがそれは、すでに芥川自身は持たないものである。さらに、原色で描かれた同じ「心理」を発見する。そしてそれは、しかし、「退屈にもやはり」なのである。そんなものは、なんの参考にもならない。だから、後に述べるように芥川は、今昔物語を心理劇に編纂《へんさん》しなおす。

「僕は［今昔物語］をひろげる度に当時の人々の泣き声や笑ひ声の立昇るのを感じた。のみならず彼等の軽蔑《けいべつ》や憎悪《ぞうを》の（例へば武士に対する公卿《くぎやう》の軽蔑の）それ等の声の中に交つてゐるのを感じた。」

江戸という時代は、まさにそうした心理が、すべてであることを用意した時代である。江戸の体制思想とは、唯神気論《ゆいしんきろん》すなわち一種の唯心論だったからである。ただし、それがすべてであることを防いだのは、自然であった。たえず災害が起こり、当時の技術は、それを統御するすべを持たなかった。そこではいわば、やむをえず、人々は実証的であるほかはなかったのである。古方医たちが、すなわち当時の心ある医師たちが、実証主義をとったのも、医がつねに病という「自然の災害」を相手にするものだったことを、忘れるべきではないであろう。

大正における芥川は、おそらくまったく異なる位置にあった。そこでは自然の制約はすでに意識されず、維新は遠くなり、人工社会としての江戸は復活しはじめていた。芥川は心理主義をとり、古い物語を解釈し直した。ここでいう心理主義とは、漢学という江戸の制約を除いた唯心論の枠組みであり、江戸の唯心論から、漢学という枠組みを除けば、そこに残るものは、心理のみであることは、むしろ当然であろう。そうした心理主義が、『藪の中』という傑作を生み、その結果が黒沢明の『羅生門』となって、戦後に世界の評価を得ることになる。

こうして芥川は、おそらく意識せずして、典型的に江戸を延長したのである。芥川の感性は、今昔物語をみごとに受けとめた。しかし、かれを育てた時代は、今昔物語を成立させた中世という背景そのものに、かれが触れることを拒む。芥川は、もののみごとに、そうした背景を滑り通ってしまうのである。

「……女の美麗也《なり》し形も衰へ持行く。定基《さだもとこ》此れを見るに、悲《かなしび》の心譬《たと》へむ方無《かたなし》。而《しか》るに女遂《つひ》に病重く成て死ぬ。其後定基悲び心に不堪《たへず》して、久く葬送する事無くして、抱て臥《ふし》たりけるに、日来《ひごろ》を経るに口を吸けるに、女の口より奇異《あやし》き臰《くさ》き香の出来《いでき》たりけるに、疎《うと》む心出来て泣々く葬《はふり》してけり。」

芥川は、今昔物語のこの部分を引用し、そして言う。ここでは、「何かもっと切迫した息苦しさに迫られるばかりである。」

かれはもちろん、自分は中世に生れたいとは思わない、という。現代で結構だ、と。芥川が「何かもっと切迫した息苦しさ」としか、言いようのなかったもの、それが中世であり、芥川は中世をそう表現するほかはなかった。そこでは、「作家」がことばを絶つ。それが、作家としての矛盾であることは明かであろう。他方、芥川は、こう引用し、こう書く以上、中世を感じていたのである。それが世に言う、かれの感性であろう。その感性が、すなわちかれの目である。芥川は作家として立つとき、いわばその目を売った。しかしそれは、芥川自身の内容ではなかった。そこにおそらく周囲の誤解があり、芥川自身の誤解があったかもしれない。だからやがて芥川は創作に疲れる。自分のなかにないものを、作家はいつまでも紡《つむ》ぎ出すことはできない。

晩年の芥川は、『歯車』を目に見る。医学ではそれは閃輝《せんき》暗点《あんてん》と呼ばれ、いまでは単純な神経疲労に過ぎないと見なされる。しかし、かれはそれを狂気の兆候ととった。目が芥川を生み出し、目がかれを滅ぼす。

芥川と身体

芥川には、死体を具体的に扱ったところが、いくつかある。次の引用は、『偸盗』からである。

「太郎は、死人の臭《にほ》ひが、鋭く鼻を打つたのに、驚いた。が、彼の心の中の死が、臭つたと云《い》ふ訳ではない。見ると、猪熊《ゐのくま》の小路の辺、とある網代《あじろ》の塀の下に腐爛《ふらん》した子供の死骸《しがい》が二つ、裸の儘《まま》、積み重ねて捨てゝある。はげしい天日に、照りつけられたせゐか、変色した皮膚の所々が、べつとりと紫がゝつた肉を出して、その上には又青蠅《あをばへ》が、何匹となく止つてゐる。そればかりではない。一人の子供のうつむけた顔の下には、もう足の早い蟻《あり》がついた。」

べつに天日に照りつけられたから、皮膚が剝《む》けるわけではなかろう。当時はおおかた、野犬がかじり、烏《からす》がつつくのである。もっとも、小説にそんな注意をしてみてもはじまらない。

あるいは『地獄変』では、絵師の良秀《よしひで》の熱心さについて言う。

「いや、現に龍蓋寺《りうがいじ》の五趣生死の図を描きました時などは、当り前の人間なら、わざと眼を外《そ》らせて行くあの往来の死骸の前へ、悠々と腰を下して、半ば腐れかかつた顔や手足を、髪の毛一すぢも違《たが》へずに、写して参つた事がございました。」

これはあるいは、ここに書かれたとおりではなかったかと思われる。なぜなら、当時の六道絵、九相図などは、あきらかに実写としか思えないからである。骨の正確さなどは、後の江戸期に描かれた、根来東叔《ねごろとうしゅく》の骨図などと比較すれば、どっちが医師が描いたものか、わからないほどである。「見る目」とは個人のものであるから、時代とともに「進歩」するとはかぎらない。

こうしたことを書くために、芥川自身も努力したらしい。『或阿呆《あるあほう》の一生』には、「死体」という項がある。

「死体は皆親指に針金のついた札をぶら下げてゐた。その又札は名前だの年齢だのを記してゐた。彼の友だちは腰をかがめ、器用にメスを動かしながら、或死体の顔の皮を剝《は》ぎはじめた。皮の下に広がつてゐるのは美しい黄いろの脂肪だつた。

彼はその死体を眺めてゐた。それは彼には或短篇を、――王朝時代に背景を求めた或短篇を仕上げる為《ため》に必要だつたのに違ひなかつた。が、腐敗した杏《あんず》の匂《にほひ》に近い死体の臭気は不快だつた。彼の友だちは眉間《みけん》をひそめ、静かにメスを動かして行つた。

「この頃は死体も不足してね。」

彼の友だちはかう言つてゐた。すると彼はいつの間にか彼の答を用意してゐた。――「己《おれ》は死体に不足すれば、何の悪意もなしに人殺しをするがね。」しかし勿論彼の答は心の中にあつただけだつた。」

この「或短篇」とは、『羅生門』のことだと見なされている。大学に在学中のことだからである。「友だち」もまた、当時医科大学生だった友人とわかっている。「杏の匂」に近いのは、アルコール処理のためである。死体の臭いそれ自体ではない。最後の本人の述懐は、おそらく芥川の悪い癖であろう。これを書いた当時、芥川はすでに自殺を考えていた時期と思われ、この主題は、それとからんでとりあげられたものであろう。若い学生が、好奇心からはじめて解剖を見学した状況を思えば、頭のなかで多くのことを考える余裕は、なかったはずである。ここに書かれているようなことを思ったにせよ、それは理屈であって、本人がこれを書いた時点で、読者に思わせようとしているような虚無主義は、学生の芥川には、まだなかったはずである。

かれは『本所両国』のなかで、吾妻《あづま》橋から柳島へ至る道を電車の通らない前には自分は一度も通った記憶がないと言い、子供の頃の思い出を次のように記している。

「若《も》し一度でも通つたとすれば、それは僕の小学時代に業平《なりひら》橋かどこかにあつた或可也《かなり》大きい寺へ葬式に行つた時だけである。僕はその葬式の帰りに確か父に［御維新］前の本所の話をして貰《もら》つた。父は往来の左右を見ながら、［昔はここいらは原ばかりだつた］とか［何とか様の裏の田には鶴《つる》が下りたものだ］とか話してゐた。しかしそれ等の話の中でも最も僕を動かしたものは［御維新］前には行き倒れとか首縊《くびくく》りとかの死骸を早桶《はやをけ》に入れ、その又早桶を葭簀《よしず》に包んだ上、白張りの提灯《ちやうちん》を一本立てて原の中に据ゑて置くと云ふ話だつた。僕は草原の中に立つた白張の提灯を想像し、何か気味の悪い美しさを感じた。」

ここにはすでに、後年の芥川に表われる感性が、子供のものとして素直に表現されている。それとともにこれは、江戸の末期に、身寄りのない人の死体がどう扱われたか、それを示す、私にとっては、きわめて興味深い記述である。そうした死体を、維新後には、しだいに大学の解剖学教室が引き取るようになる。

こうして拾ってみると、芥川のなかには、しばしば死体に関する直接の記述が表われる。おそらく子供の頃から、芥川には、そうしたものに「気味の悪い美しさ」を感じる能力があった。そうした「感性」は、後に芥川を今昔物語に引きつけていくものと同質であろう。

『羅生門』では、老婆《ろうば》が死体の髪の毛を抜く行為が、いわば倫理的に判断される。それに比較すれば、盗みはより軽い行為である。芥川はそう書いているわけではない。しかし、下人の心理は明かにそれを示す。その感情はすなわち芥川の感情であり、これが、いまも生きている、きわめて江戸的な感情の発露であることは、言うまでもないであろう。漠然と広がる、そうした感情の網目が、おそらく不可侵のものとして、そのまま「素直に」許容されているのが、われわれの社会なのである。死人のこの髪の毛を、脳死者の心臓に置き換えれば、『羅生門』という短篇が、たちまち現代の作品として生きかえることが理解されよう。死人の髪の毛を抜いてカツラにするくらいなら、泥棒ていどは当り前だ、と。すなわち、そうした行為こそ、乱世を導く、と。ただし、その感情は、けして今昔物語当時の感情ではない。

それを明瞭《めいりよう》に示すのは、今昔物語の話の組み立てを、芥川が改変した部分である。第一に、原文の主人公は、「摂津の国辺りより盗みせんが為に京に上りける男」である。芥川ではそれが、主家を放たれた下人となっている。社会に対する加害者と被害者が、逆転しているのである。第二に、老婆が髪の毛を抜いていた死体は、老婆の主筋の女である。芥川では、女は他人、しかも悪女である。原文では、老婆の状況はより微妙なのである。第三に、もっとも重要な点であるが、芥川の話では、下人は老婆の着物だけを剝《は》ぎ取って持って行く。原文では、この盗人は、老婆の着物、死体の着物、さらに「老婆が抜いた髪の毛」を盗んでいくのである。臓器移植のための心臓が、ここではなんと、盗人に持ち去られる。原文が、芥川の倫理判断とは似ても似つかぬ話であることが、よく理解されるであろう。

芥川のこの改変によって、「死体の髪の毛を抜く」行為は、盗みという反社会的行為を誘発する、より根源的な反倫理的行為に、いわば「昇格する」。これを私は、江戸的感情の発露と呼んだのである。臓器移植に対するなにものともつかない「懼《おそ》れ」、芥川はそれを、自分すなわち下人の感情として、みごとに描き出したことになる。現在のわれわれもまた、この感情から、一歩も踏み出していない。

禅智内供《ぜんちないぐ》の鼻がなぜ長いか、それはまったくわからない。それは自然の特質であり、自然とはそういうものなのである。今昔ではおそらく、人間もまたそうした自然に属することの象徴として、当時は醜さの象徴であった鼻の異常をとり上げる。芥川の『鼻』では、内供はたまたま一度だけ、この鼻を縮めようとする。芥川の『鼻』の主題は、それをめぐる本人と周囲の心理の葛藤《かっとう》であるが、当然のことながら、今昔の作者にはそんなことは無関係だった。今昔では、鼻は何度も縮むのだが、そのたびに二、三日で、またもとに戻ってしまう。鼻という身体の一部が、主人公と、そのまわりの人物たちを引きまわす。それは、今昔の世界では、いわば「当然」なのだが、芥川の世界では、心理劇に変換されてしまうのである。この話を小説とするためには、芥川にとって、それを心理劇に変更することが重要だった。それが芥川であり、芥川の時代である。しかし、この話は、もともと心理劇とは関わりがない。さらに現代では、この心理劇は、あまりにも進行してしまった。もはや禅智内供の置かれた「身体的状況」を、一言で述べようとする表現は、すでに差別用語になってしまい、したがって公式の日本語から消えてしまっている。

『芋粥』は食欲を扱う。『芋粥』の主人公は、ただの五位であって名前はない。しかし、あるていど話が進んだ段階で、突然「赤鼻の五位」となる。ただし、かれが赤鼻であることは、それまで二度ほど説明されている。赤鼻は、今昔の時代には容貌《ようぼう》の醜いことの表現であり、原文でもそう記されている。さらにゴーゴリの『鼻』、芥川自身の『鼻』が下敷きにあるはずである。この物語は、ほとんど今昔の原文のとおり進行する。ただし、ここで注意されるのは、芥川の小説化が、食欲という、身体的ではあるが、心理的欲求を中心としたものに、切り換えられていることである。原文はより客観的な描写であり、「利仁《としひと》将軍、若き時京より敦賀《つるが》に五位を将《ひきゐ》て行く語」という原題からも知られるように、利仁将軍の人柄、その気まぐれに主題の重点が置かれている。いったい芥川にとって、今昔とはなんであったのか。芥川はそこに存在するものに気づいた。しかし、『蜘蛛《くも》の糸』や『杜子春《とししゅん》』を書く芥川の気質にとって、それはまったく異質のものだったのである。だからこそかれは、今昔の原文に、しばしばほとんど変更を加えない。それに心理的解釈をほどこす以外に、なすすべがなかったのであろう。

わたしは芥川を、大正という「間奏曲の時代」に現われた、風見鶏《かざみどり》と見る。それは先端で時代の行く方を指し、後端では過去を真直《まつすぐ》に指す。そこでは「身体という自然」は、「心理という人工」に加工されていくが、それはまさしく社会が進むべき方向であった。ただし、風見鶏の後端、すなわち芥川がこうした主題を「とりあげた」という「形式」に、芥川の特質がある。それは、きわめて端的には、形式と内容の矛盾であり、そこに後年の芥川の破綻《はたん》がすでに用意されているのである。

心理主義

身体と心理

『羅生門』の発表は大正四年十一月、『鼻』『芋粥《いもがゆ》』は翌五年二月と九月、芥川は当時、まだ二十代の前半である。『鼻』が掲載された「新思潮」に対して、漱石が有名な手紙を芥川によこす。

「拝啓新思潮のあなたのものと久米《くめ》君のものと成瀬君のものを読んで見ましたあなたのものは大変面白いと思ひます落着があつて巫山戯《ふざけ》てゐなくつて自然其儘《そのまま》の可笑味《をかしみ》がおつとり出てゐる所に上品な趣がありますそれから材料が非常に新らしいのが眼につきます文章が要領を得て能《よ》く整つてゐます敬服しました（以下略）。」

「非常に新らしい」材料とは、『今昔《こんじやく》』およびその取り扱いを指すのであろう。「自然其儘の可笑味」と漱石は表現しているが、この解釈はむずかしい。この「自然」を「自然主義」の「自然」ととれば、もちろん話が食い違う。その意味で芥川が「自然其儘」だとは、当時の人も思わなかったはずである。むしろ書きかたに無理がなく、それなりの心理的必然性があって、すんなり読めるということであろうか。それなら、『今昔』という原典が、おそらく与《あず》かって力があったのであろう。逆に当時の芥川の作品を、田山花袋《かたい》がどこが面白いのかわからないと評したのは、漱石のいう「自然」其儘が、もちろん自然主義の自然、花袋の自然ではないからである。私は「自然」をこれらの意味では使わない。自然科学の「自然」、人工物でないもの、それが私の「自然」の定義である。

芥川は、『今昔物語』から、身体という主題を拾いあげた。しかしかれは原典に最小限の変更を加えながら、すでに述べたように、それを心理という主題にたくみに変更してしまったのである。それを心理主義と呼ぶことにしよう。心理主義とは、要するにすべてを心理に還元し、解釈してしまおうとするやり方である。『こころ』の著者である漱石は、おそらくそれを好み、それで当然だとした。若い芥川は、漱石の内省的な心理主義をさらに拡張し、身体そのものを、心理主義で規定される近代文学の領域に取り込んだのである。中世を近世に変換した、といってもいい。

江戸すなわち近世社会は、そこから身体を徹底的に排除した（『日本人の身体観の歴史』、法蔵館）。なぜなら、身体とは人が持つ自然性であり、自然性の許容は、乱世を導くと考えられたからである。中世以来の「乱世」を治めて、江戸の平和が成立したことを考えれば、それはむしろ当然であろう。ただし、それを万世に伝わる真実だと考えるのは、馬鹿《ばか》の一つ覚えである。われわれは今、その一つ覚えの時代にいる。それを銘記すべきであろう。

江戸という時代をそう規定すれば、江戸の「無身体」から、明治・大正の「心理のみ」への移行は、わりあい理解しやすい。とはいえ、江戸に心理主義そのものはない。漱石の『こころ』は、江戸の小説ではない。通常それは、欧化の産物として理解される。ではなぜ、江戸は心理主義を生まず、明治はそれを生んだのか。そこにはもちろん、「制度」の問題がある。江戸から明治にかけて、制度が大きく変換する。それは欧化であるから、心理主義はゆえに欧化の産物である。そう解釈することが可能であろう。しかしそれだけでは、じつはなにを言ったのか、よくわからない。

ここでまず、心理主義という用語を吟味すべきであろう。私はこのことばを福田恆存《つねあり》氏の『作家の態度』（中公文庫）から借用した。福田氏はこれを、とくに定義づけて使っているわけではない。しかしこの用語は、「精神主義」とともに、この書物に収められた論文には頻出する。

「二葉亭は当然、二元的な態度を採らざるをえなかった――内省による心理主義を芸術に、そしてそのような芸術概念によっては始めから否定せられざるをえぬものとして、自己主張の役割は日常生活の実行に、というわけである（「近代日本文学の系譜」、同書）。」

「漱石はこの他我とのかかわりそのものをば、他我の実体を離れて捉《とら》えようとする。彼の心理主義がついに他我の性格を描写しえず、正統の意味におけるリアリズムを完成しなかった所以《ゆえん》である（同右）。」

「志賀直哉の文学の基調をなすものは心理主義である――日常心理の発見と定着とを共通の場として、当時の教養人と芸術家との二つの概念は完全な一致を見たといえる。いわば精神史的発展の途上において、わずかにこの心理主義という隘路《あいろ》を通じて、西欧のヒューマニズムは東洋日本につながったのであって、それ以上でもそれ以下でもけっしてなかった（「志賀直哉」、同書）。」

この用語はおそらく直観的に使われたものであろう。しかし、「近代日本文学の系譜」を論じるために、心理主義とは、たしかに格好のキイ・ワードである。たとえば私小説をもって、心理主義と見なすことは、見方によっては乱暴に思えるかもしれない。しかし、ここの論点では、それでも十分である。むしろ心理主義なることばが、福田氏に見るように、きわめて有効に利用できることが、戦前までの日本文学の大きな特徴といえる。ただし私は、心理主義の意味を、芥川の作品を含めて、福田氏よりも広くとっている。

広義の心理主義は、さまざまな形で、日本の文学を支配してきた。しかもそれは、いまにして思えば、やがて軍隊を支配するようになる「精神主義」と、明らかに無縁ではない。心理主義の一つの極が精神主義であろう。文学と軍とが対立するように見えるのは、一種の内ゲバに過ぎなかったことは、戦争中の軍と文学者の「客観的な」協力関係を見ればわかる。私はその是非を問おうというのではない。そうした協力の枠組みを作ったのは、われわれの伝統的社会であり、伝統的思想だったはずである。その枠組みとはなにか。それを吟味している。

そのような枠組みを論じるために、まずわれわれは、その枠組みを広げてみるしかない。広げられた枠組みのなかでは、過去の枠組みが「正しく」定位されるであろう。広い枠組みは、狭い枠組みを内包するからである。それに対して、比較文学とは、その枠組みを外から見ようとするものである。しかし、二つの異なるものを比較するときに、比較者の立脚点は、いったいどこにあるのか。万物に当てはまるべき尺度、すなわち神が不在だとすれば、尺度はどこに置かれるべきか。比較文学にせよ文化人類学にせよ、一般的な「比較」の難点は、つねにそこにある。

神不在の社会では、尺度は「人」にしかないはずである。だからこの国では、それはおそらく暗黙のうちに、人に置かれる。ところが、江戸はその人を、心によって構成される、と見なした。その心が、心理主義を準備する。しかし、心とは脳の機能であり、脳は身体の一部に過ぎない。したがって心理主義は「身体主義」――そんなものがあるとしたらの話だが――に内包されるはずなのである。それが、身体という尺度を、私がつねに置こうとする意味である。

そう考えるなら、身体が存在するときに、日本の伝統的枠組みは「広げられる」はずであり、身体が排除されるときは「狭められる」。もしそう考えるならば、これは、具体的には、近世よりも中世をより上位に置く思想と見たされ得る。そんな思想が、明治以降の「近代化」の時代に流行するわけがない。したがって、近世以降、この国の身体は、心理主義の滔々《とうとう》たる流れのなかの片々たる木片として、見え隠れしつつ、歴史のなかに現われることになる。

身体の制度化

明治以降、身体そのものは、軍や医療制度といった、「新しい」社会制度のなかに、しだいに逼塞《ひっそく》せしめられる。身体があらためて制度化されるのである。だからこそ逆に、制度の内部では、身体が大手を振って歩く。したがって、病院は「非人間的」医療の場となり、軍隊では「殴る」ことが日常化する。軍隊がそうなるのは、そこが「娑婆《しゃば》とは違う」からであり、娑婆とはすなわち、身体を排除した近世的空間、すなわち芥川の住む都会の空間だったのである。そうしたトポスからの出身者は、とくによく殴られたはずである。なぜなら、そこでは身体が不在であるがゆえに、殴られることによって、被害者はありとあらゆる情動を含めて、自己の身体の存在をはじめて実感しえたはずだからである。殴った側、殴られた側が、そのように「意識した」かどうかは、むろん別問題である。その事情は、それこそ「心理主義」によって、いかようにも解釈され得る。心理主義の利点は、まさにそこにある。それを題材として、恨みがましい小説を、軍隊生活に関していくらでも書くことができたであろう。

しかし、殴ることに論理があり、有効性がなければ、軍隊で殴打《おうだ》があれだけ日常化したはずがない。殴られることによって、厭々《いやいや》でも「学ばされた」もの、それは自己の身体性だった。しかもこの、「殴る」というかなり安直なやりかたは、教える側にとって、教育としてはじつに「廉《やす》くついた」はずなのである。したがってそれはいやでも普及した。

近ごろの若い者は、軍隊に入れたほうがいい。そういう意見を、タクシーの運転手から、何度聞かされたか。もちろんそれは、すでに十年以上前のことになった。その頃の運転手には、軍隊で車の運転を習った人間が、しばしば含まれていたのである。会社が運動部出身者を採用する。これも同じであろう。明治以降の「近代」社会では、思想における身体性の欠如を、ある種の「教育」によって補うほかはなかった。その教育が軍隊であり、運動部であり、戸塚ヨットスクールだというのは、ほとんど漫画ではないか。

日本の文学は、心理主義を採用することによって、心を主とし、身体を従とした。しかし、それは文学に限定されない。だからこそ神風特別攻撃隊が実現したとき、何人かの軍人が、これで日本軍もおしまいだ、と言ったという話が伝えられているのである。

軍隊は本来「腹が減っては戦ができない」という、身体的合理性の徹底的な読みの上に成り立つ。しかし、そこにおいてすら心が優越してしまう。それはもちろん軍隊の自滅である。

わが国の近世でも、身体は「制度化」される。江戸期ではそれは、被差別民という身分制度に代表されるように、社会を横断する「横割り」の制度だった。しかし、明治以降では、それが「縦割り」に変わる。軍や医療制度の創出が、それであろう。明治以降では、そのやり方が「文明」と見なされた。したがってそうした縦割り制度の外では、身体は存在しなくなる。制度化することの利益とは、身体が社会的な枠組みを与えられ、その限りにおいて、日常から排除されうる、ということである。漱石の『三四郎』では、東大病院が描かれるが、それはつねに登場人物の側から見られるのであって、そこは登場人物が時にやむをえず立ち寄る「異界」に過ぎない。病院自体は、いわば小説社会の外である。具体的な病院の臭《にお》いは、そこにはない。

軍隊もまた同じことであろう。正宗白鳥《まさむねはくちょう》の『何処《どこ》へ』（明治四一）を見てみよう。主人公の菅沼《すがぬま》健次は、先生の家に出入りしている。そこには先生の甥《おい》である、久保田という軍人が点景として登場する。

「少尉《せうゐ》の軍服を着けた久保田の顔は赤銅色《しやくどういろ》をして、まだ文明に疲れない太古の活気に漲《みなぎ》つてゐる。」

「［どう致して、一寸《ちよつと》見渡したところ、元気は貴下一人で専有してるやうだ。」と、健次は久保田の側に坐《すわ》つた。」

「蓄音器が止《や》むと、久保田の陽気な太い声が庭一杯に広がり、やがて小児等の万歳の叫びと女共の笑ひ声が聞える。」

「箕浦《みのうら》は久保田が四五人の小供を相手に調練の真似《まね》をしてるのを見て、歩を止め、［あんな騒ぎの中へ行つても面白くない。何処か外を散歩しようぢやないか、君に話したいこともある。］」

軍人の描写が、白鳥にしては、きわめてステレオタイプであることが注意される。久保田という軍人が、女子供と一緒にされているのは、偶然ではあるまい。軍人自体がステレオタイプであった。それがいまでも、一般の解釈であろう。しかし、それを見る目もまた、ステレオタイプだったのではないか。制度はかならず、こうしたステレオタイプを制度の両側に生み出す。そうした「型に従う」ことによって、ここでは文学もまた、制度に追従していると見えるのである。

「女子供」が身体性の上で差別される存在であることは、当然とされつつ、しばしば理解されていない。月経や妊娠に代表される女性の自然性と、まだ社会に属さないものとしての子供の自然性とが、微妙に排除されるのだが、根本的にはそこに「女子供」という表現の源がある。この白鳥の作品では、そこにさらに軍人が加えられている。「女子供軍人」なのである。

型と形

唐木順三は、『型の喪失』(筑摩書房)のなかで言う。

「昭和六年の満州事変勃発《ぼつぱつ》以来、敗戦にいたるまで、日本は右(注／二・二六事件が示すような)の方向に進んだ。軍がいつもイニシアティヴをとつた。彼等は機械的に天皇を絶対化した。国家を絶対化した。統帥部《とうすい》を絶対化した。さうして自己自身を絶対化した。その絶対化は機械的であつた。鷗外の示した知性の跡も、思慮の経路もみられなかつた。軍の絶対化の前に、政治も文学も萎縮《ゐしゆく》し、または追随した。何故にさういふことが簡単に行なはれえたか。軍が型をもつてゐたからである。或《あるい》はむしろ型そのものであつたからである。彼等の型は単独に型であつた。普遍に媒介されず、個性に媒介されず、交互作用をぬきにして型そのものとして固定したものであつた。頑固極まるものであつた。」

「型をもたない個性は、他の型には常に圧倒される。さういふ長い伝統を、少くとも文学の領域では武家の勃興した平安末期以来もつてゐる。それが日本の文人であつた。然《しか》しかつての文人はさういふ出世間の生活の中で、自らをひとつの型にまで形成した。その媒介をなしたのは主として禅や老荘であつた。ところで大正期以来の教養人は確乎《かくこ》たる媒介を欠いた。――さういふ教養人が、単独な型そのものの軍に圧倒されたのは当然であった。」

「軍はすべてを型に入れた上で、国とともに崩壊したのである。」

この文章は、昭和二十四年に書かれたものである。前半では軍が「頑固」な「型そのもの」であったとし、後半では、文人もこの国では伝統的な型があったはずだ、という。それを裏づけたのは、禅や老荘である、と。

すでに気づかれたであろうが、ここでもまだ、議論は「心理」をまったく出ていない。軍は身体性に依存するものであり、禅は座禅抜きには考えられないという思考が欠落している。「枠組み」とはそういうものであり、つまりは身体性の欠如こそ、「より大きな型」であったというほかはない。

型あるいは形は、身体とは切り放せない。明治以降の身体の制度化は、しかし、心理と身体の社会的な舞台を、まったく分離してしまった。文学は心理主義となり、身体はいわば、軍と病院になった。鷗外が「知性を示した」、すなわちある意味で正気だったのは、かれが「教養主義者でなかった」からではない。おそらく単に、医者だったからに過ぎない。明治の末、白鳥はすでに、軍の内部に踏み込もうとしない。それが「文明開化」なのである。軍人に対して、開化はただ、「太古の活気」を見るばかりである。

しかし、人間は文明、すなわち脳だけで生きているわけではない。要するに、明治大正期の文学は、江戸以来の唯心論《ゆいしんろん》を無意識に継ぐと同時に、社会制度にしたがって、心理主義という欧化を行ない、「身体を排除した」のである。

「ことばは極まるところ肉体の動きとなり、肉体の動きは極まるところことばとなり、かくして、舞台上では、内側から充実した明確なかたちが持続する。」

これは、チェーホフを演じた、ロシア国立マールイ劇場の公演に対する、粟津則雄《あわづのりお》氏の評である。氏はさらに過去に自分が見た新劇の記憶と比較して、次のように言う。

「もちろん、新劇のこのようなありようは、新劇そのものの責めだけに帰するべきものではあるまい。そこには、現代の生活そのものにおけるかたちの欠如がかげを落しているとも言える。新劇の舞台は、現代の生活のそのようなありようを反映しているとも言える。明治維新以来、人びとは、それまでの堅固に築きあげられた生活のかたちを、いかにも楽天的に次々と突き崩してきたが、ついにそれらに代る生活のかたちを作りあげてはいないと言うべきだろう。そこにはあるいは［文明開化］の生活があり、あるいは［軍国主義］の生活があっただろうが、それらは人びとに、俄《にわ》かぶしんのような一種の習慣を強いただけだ。意識や感性や生きかた全体に通ずるかたちのごときものをそこに見ることは出来ないのである。

そして、戦後においては、このような事態はさらにその度合いを増しているようだ。かつてあったかたちの形骸《けいがい》のごときものさえ、かたちのかげのごときものさえもはやない。」（栗津則雄「新劇におけるかたちの欠如」、『新潮45』、平成五年四月）。

これを私は、「身体の喪失」と表現する。あるいは、脳化と表現する。身体が別に存在しないわけではない。ただそれは、日常社会から隔離され、異界に押し込められる。死体のようなものは、人間の見るべきものではない。そういうものを見るから、医者が残酷になる。そうした言い分が、著名人の発言として、いまでは堂々と公表される。差別問題にあれだけ敏感なはずの人たちが、それに一言も注釈することがない。身体の喪失はさらに進んだのである。

我＝個＝私の問題

明治以降の文学が、「我」の問題をめぐって展開したことは、周知の事実であろう。いったいこの我とはなにか。我という表現があり、自己あるいは個という表現があり、私という表現がある。いずれも似たようなものだが、我の問題と表現するなら、たとえば漱石のエゴイズム問題となり、個と表現すれば、西欧風の個人の存在の問題となり、私と表現すれば、私小説に代表される話題の提供となる。

こんなものについて議論すれば、むやみに長い論文を書かなくてはならない。そうなる可能性もむろんある。しかし、これらの問題はむしろ、「身体の喪失」から派生したものなのである。

論理的には、もちろん「我」は身体の上に成り立つ。しかし、多くの日本人が、素直にそうは思っていないことは確かである。日本人にとって、我とはまず第一に、自分の「心」である。だから、特攻が出現する軍隊の末期に、「靴に足を合わせろ」という暴言すら飛び出す。しかし、中世的世界では、人はまず身体である。戦国武将は、常に身体的イメージを伴って描かれる。網野善彦氏の『異形の王権』(平凡社)が示すものは、身体的なイメージとしての中世人である。

その区別が歴然としていれば、我＝個＝私の問題は、広義の身体問題に含まれることがわかる。中世的身体を失うことは、江戸という近世の特質だった。そこでは人は、心となる。そこにこんどは、明治の欧化が始まる。そこでただちに生じることは、じつは「我の消失」なのである。その必然性を説明するためには、「我」とはなにか、というわかりきった問題を、あらためて吟味する必要がある。

西欧化は社会制度、慣習を変えた。右に粟津氏の言を引用したとおりである。ところが、近世において、いわゆる「封建的」制度や慣習が保証したものは、じつは広義の我であった。それがそう思われていなかった理由は明らかであろう。そうした「我の保証」を、「封建制度は親の仇《かたき》」として、徹底的に葬《ほうむ》ろうとしたのである。敗戦後が同じであったことは、そこを通り抜けた人は、よく知っているはずである。制度や慣習が、ただ為政者だけの都合で、成立しているはずがない。

明治以降の文学に、我＝個＝私という問題を生じたのは、西欧化による社会の変化のためだということは、だれでも知っている。しかし、そこで考えなくてはならないことが、一つあると思う。それは、個と社会とが、ただ対立するものではない、ということである。共同幻想論では、社会の役割と我の役割とが、反比例するはずと見なす。それは「我」を自己の持つ自己イメージとしたからであろう。しかし、我は二つの部分で構成される。問題の所在に気づいたのは、おそらく小林秀雄である。福田恆存氏もまた、同じ趣旨のことを表現している。

昭和五十六年に文庫版となった、先の『作家の態度』の「文庫版あとがき」のなかで、福田氏はいう。

「生活の場で解決すべきことを作品の中に持ち込む愚を犯すな、実行と芸術とを峻別《しゅんべつ》せよと、私は口を酸《すっぱ》くして言って来た。が、今日の［文学］の大半は、［実行］においても［芸術］においても、解決しなければならない問題というものを持っていない。したがって、芸術でないことはもちろん、実行とも相渉っていない。両者を結びつける自己というものが存在しないのだ（傍点、原著者）。」

ここで最後に、突然「自己」が現われる。ここではその自己が「ない」との主張がなされる。では、その自己とはなにか。私にとって、この福田氏の表現は理解がむずかしい。しかし、ここで「芸術」と、「実行」としての実生活が区別されていることは明瞭《めいりょう》であろう。

小林秀雄もまた、よく似た意見を持っていた。『本居宣長《もとおりのりなが》』(新潮社)の最初の部分の主題がそれである。

『本居宣長』というのは、奇妙な本である。最初の部分は、もっぱら宣長の遺書にあてられている。そこでは葬儀の次第が詳しく指定され、墓の位置が決められ、その図が描かれ、枝振りのよい山桜を植えろとの指示がある。あまつさえ、それが枯れたら植えなおせ、という。そうした宣長が紹介される。さらに、鈴の屋の紹介がある。二階の四畳半の書斎である。箱を積んで階段とし、二階に上がる。宣長がいかに生活人として几帳《きちよう》面《めん》であったか。それもまた、前半の主題の一つである。この部分はまさに、福田氏の右の指摘そのままであろう。そのつもりが小林秀雄にあろうがなかろうが、『本居宣長』という書物は福田氏の理想像を提出した。ただしそれは、江戸の人間だった。

小林秀雄は、こうした特異な紹介の理由を、一切明らかにしない。しかし、著者がなにを書こうとしたのか、それはよくわかる気がする。それがすなわち、近世における「我の問題」である。問題というより、理想像と言い換えるべきであろう。

これを今風に言い換えるなら、宣長の「我」は、いったいどれだ、ということである。伊勢松坂の医師としての宣長か、二階の四畳半である鈴の屋にこもって、国学に励んだ宣長か。

哲学者のポパーは、世界を三つに分ける。世界1は、唯物論的、客観的な物質界である。世界2は、他人にうかがうことのできない、個人の内的世界である。世界3は、哲学や科学のように、共通普遍性を持った、心の世界である。

世界3とは、近世以来のこの国の伝統では、むしろ社会的我とすべきであろう。学問の普遍性、芸術の普遍性それ自体は、唯一絶対神不在のこの国では、意味を持っていない。普遍性とはすなわち、社会的普遍性、言ってみれば多数決であり、制度である。それは「共有されうる」からである。そこにむしろ、「共同幻想論」の源があろう。

それを「個」にあてはめれば、どうか。伊勢松坂の実直な医師とは、その社会的個である。他人が自分をどう見るか。社会的個とは、そのことであろう。しかし、これほどわかりにくいものはない。私小説に見るように、あるいは「自然主義」に見るように、いかに自分をうまく表現してみたところで、相手がそれを読むとはかぎらない。たまま読んだところで、理解するとはかぎらない。衷心を吐露したところで、その衷心が本当に当人かどうか、当人にすら不明であろう。その理解を保証するものこそ、同じ社会、同じ慣習、同じ環境にほかならない。それがすなわち、「封建的」諸制度だった。こうした諸制度は、個を抑圧するものとしてのみ、とらえられたが、それは心理主義の世界が自己を世界2と見なしたためである。その自己はしかし、「鈴の屋」で保証される自己にしか過ぎない。

自己には、自分の考える自己と、他人のなかにある自己のイメージとがある。アメリカ人が自己主張が強い、自己宣伝が多いと言われるのは、社会的自己すなわち他人のなかの自分のイメージが、「封建的諸制度」によって社会的に保証されていないからである。明治以降の日本社会は、「努力して」それに近づこうとしてきた。しかし、自分のなかの自己など、どれだけ明瞭な自己か。ポパーのいう世界2とは、要するに他人にはわからないもの、と規定できる。それなら、自己の自己イメージが「もっとも正しい」かどうか、そんなことは論理的には決められない。というよりも、根本的には他人に無関係なのである。

現在の若者の気の毒な点は、そこにある。まわりは人間だらけで、人間のなかで育つ。そこで自己を主張したところで、そんな自己とは、ほとんど点に過ぎない。ラッキョウの皮むきというほかはない。本居宣長の墓に対するこだわりかたは、社会的自己に対するかれのイメージなのである。自己の自己イメージなど、自己が死ねば消えてなくなる。しかし、葬儀や墓は違う。それは、自己のものであって、自己のものではない。他人のなかの自己イメージの問題なのである。

日本の文学が、心理主義に陥った理由は、おそらく右の点にある。人間を構成する心と身体のうち、「広い」ほう、すなわち身体をまず消去した。それはたとえば、芥川に「すら」、見るとおりである。それが江戸以来の伝統であった以上、「江戸回帰」というしかない。残った「心」のうち、他人のなかの自分のイメージを支える機構、すなわち「封建的諸制度」を、文明開化によってしだいに滅ぼす。その結果が、自然主義に見られるような、ラッキョウの皮むきである。それは当然であろう。我＝個＝私を追及すればするほど、その無内容が歴然とする。個人とは、しょせんは個人に過ぎない。そんなものをいくら剝《む》いたところで、たかだか脳ミソ一つしか、出てきはしない。だからこそ人間は社会を作る。

人間が大勢いるから、社会だとは言わない。それを烏合《うごう》の衆と言う。社会を構成するのは、脳であるが、それはいわば普遍的脳である。それがある種の物差しであることは、子どもでも知っている。普遍的脳も、個人の脳と同じように、個体発生を持っている。それを歴史という。この国はその歴史を消す。「ない」ことにするのである。その消しかたが堂に入っているので、しばしば消されたものに気づかない。身体はそうして「消された」のである。その結果が、「個人」「個性」をめぐる、その喪失の問題である。身体がないところに、個の普遍性はない。説明してわかることとは、「個」ではない。共通の理解である。ことばによって、共通の理解をたえず求めながら、「個がない」というのは、ないものねだりに過ぎない。個を保証するもの、それこそが身体であり、「ことばにならない」、その身体の普遍性を保証するもの、それが「型」あるいは「形」だったのである。

文学と倫理

自然主義という「自然」

心理主義は、もちろん身体とは食い合わせである。その点、自然主義には、身体が存在していい。身体こそ、人間にとっての自然だからである。これは、身体から文学を考えるとき、素人《しろうと》が引き出す素朴な結論であろう。しかしこれは、日本文学史では、とうてい事実とは言えない。「自然主義」とは言うものの、この「自然」主義には、身体に言及するつもりなど毛頭ないのである。虫眼鏡なら、見る対象は虫だが、老眼鏡は老人を見る眼鏡ではない。使っている人が、老人なのである。この辺のすり替えが、自然主義という用語にも表われているらしい。

自然主義の自然とは、ありのままの描写である。描かれるのは生活すなわち人事だから、それが人工社会でのできごとであれば、自然主義とは、つまり「ありのままに人工を描く」ものとなる。これではほとんど詐称《さしょう》と言うべきだろうが、これまでそれで通って来た以上は、いまさらどうしようもない。

徳田秋声、つまり「『足迹《あしあと》』『黴《かび》』『爛《ただれ》』『あらくれ』に至つて、たうとう日本の自然主義小説の最高峰に達してしまつた」（広津和郎《かずお》）小説家と、「小説の神様」と言われた志賀直哉を比較してみればいい。志賀直哉は、子どもと魚を捕りに行って、野生だと思ったらじつは養殖場から逃げたものだったスッポンを捕まえたり、石を投げたら、たまたまその石が当たって、ひっくり返って死んだイモリを、感情移入して観察したりしている。しかし、徳田秋声にはそんな「自然」すらない。出てくるのは男と女、たかだか子ども、つまりは人間ばかりである。「じめじめと、煙脂《やに》臭い下宿屋を想《おも》はせるやうな題材」（里見弴《とん》）を扱うのだから、せめてゴキブリくらい出てもよさそうなものだが、志賀直哉が描くような、下宿の壁に張りついてるカマドウマの描写すら、秋声にはない。

ただの自然という意味でいえば、志賀直哉はその自然に回帰するタイプである。『暗夜行路』は、だから伯耆大山《ほうきだいせん》の山中で終っている。志賀の文章を読んでいると、自然に対する言及がきわめて多いことに気づく。そこでは、花鳥風月がまだ生きているのである。

徳田秋声はまったく違う。秋声の世界は人間の世界である。そこでは自然は、漠然とではあるが、方法と対象という、二つの面を持たされている。方法論としての自然は、「可能な限り意図的にならないように意図する」という意味を持つ。さらに自然が対象として考えられる場合には、「夢も希望もあまりないが、事実はそうなってしまっており、自分としては手の打ちようがないが、無理しないでできるていどのことはする、と言うしかない状況」を意味するらしい。

私小説という形式

この国の文学では、白樺《しらかば》派、自然主義ともに、私小説という形をとった。つまり、形式的には両者に差がない。それなら、内容的には、どちらも広義の心理主義と言うほかはなく、「白樺」を符牒《ふちよう》ととらず、真に受ければ、どちらも「自然主義」と言ってもいいわけであろう。白樺はともかく、自然の産物だからである。ことばにうるさいはずの文学者の命名が、こんなことでいいのだろうか。つい、そう思ったりする。

内容の違いは、当然形式に表われるはずである。その内容にもっとも適した形式が、どのような作品についても、存在するはずだからである。私は「理科」系だが、科学論文の形式を好まない。それは、科学論文が強く形式を規定するあまり、内容をいわば「自然に」規定してしまうからである。もちろん、自然科学者は、その形式をきちんと踏む。そうしなければ、科学者の世界に入れてもらえないからである。自然科学において、論文の形式とは、その意味では社会的に機能している。その形式を踏まなければ、論文とは認められない。すなわち、なによりそれは、異端を排除する機能を持っている。

いやしくも小説であれば、私小説の形をとらなくてはならない。そんな社会的、文学的規定はない。だから私小説というこの形式は、自然発生したものであろう。しかし、その形式があれだけ強力だったについては、そこにある種の倫理的・道徳的要請があったとしか、言いようがない。人の行動を規制する、しばしば暗黙の取り決め、それを私は、倫理・道徳と呼ぶ。中立的な言いかたをすれば、私小説へと偏向をかける、いわば力学場が、社会に存在したはずなのである。それが、すでに述べた、社会の枠組みであろう。

それが私にわかるような気がするのは、科学論文の形式についても、話は同じだからである。具体的でないこと、本人だけの想定、実証をいまだ欠くこと、それらについては、できるだけ論じてはならない。これは、自然科学における一種の倫理的要請である。ただしこの要請は、実験室で確認できる「実証可能な」仮説ではない。つまり自然科学のなかから、自然科学的方法によって得られた原則ではない。日本の自然科学者に対して、いわば「天から降ってきた」要請なのである。私はなにも欧米の話をしてはいない。この国にあるかぎり、科学論文を書く態度にそうした倫理的要請がかかっている。強くそう感じられる。それならそれは、文科系でも同じことであろう。いや、同じに違いない。それが「自然」主義の源であり、だからそれが、社会の枠組みなのである。

それなら、小説は私小説になるほかはない。それがもっとも具体的、かつ実証的だからである。そこには「嘘《うそ》」がない。作者がよく知っている実験室、すなわち私生活、そこからどれだけのことが言えるか。そこには理科も文科もない。そうした「誠実な」方法、それがこの社会の要請だった。尾崎紅葉の弟子だった徳田秋声が、いつの間にか、「本当の自然主義」作家になってしまうのは、そのためであろう。この社会的要請とは、じつは倫理である。あるいは道徳である。

「私小説の成立」

安岡章太郎氏は、『志賀直哉私論』（文藝春秋）のなかで、「私小説の成立」を論じる。この評論はまったく「大人の」評論というしかなく、たいへん丸く書かれている。すらすらと読め、ユーモアを含み、よく理解できる。内容としても、私が蛇足を加える必要はないであろう。しかしそれなら、内容が論理的かというと、かならずしもそうでないところが、なんとも面白い。

「白樺同人たちは、近代の伝統のない土地に文学を建てるために〝私〟といふもので近代以前の一切を置き換へなければならなかつた。」

この言明の背景には、次のような安岡氏の考えがあると思われる。

「社会は個人から出てつくられる観念であつて、その社会は生きた〝個人〟を生み出すことはおろか、ムシけら一匹だつて生む力はもつてゐない。」

ところで、さらに氏は言う。

「新しい外来文化を技術導入の一つとして迎へ入れた日本は、評価の基準をすべて自分の外側に置くことを余儀なくされ、そのために誰も彼もが実際に自己を見失つてゐたからである。」

揚げ足をとるつもりはないが、私、個人、自己、さらには近代以前、社会、そうしたことばの意味をはっきりとらえないと、たとえばこれらの三つの文章は、その内部であれ、あるいはたがいにであれ、論理がほとんどぶつかりあってしまう。

私が「心と身体」に注目し、あるいは自己を二つに割るのは、そうでもしないと、こうした混乱が理解できないからである。右の第一の引用文に関して言えば、白樺がやろうとしたことは、すでに述べたような、江戸における社会的自己を、自己の考える自己（の延長）で置き換えようとしたことだった、ということであろう。しかしそれは、他の人たちによって、すなわち社会的に、保証される手段がない。「俺は俺だ」と言うのは結構だが、隣からそれを、「俺はそうは思わない」と言われたらどうするのか。「近代以前」、ここではすなわち江戸だが、それが保証したものは、貧しいものだとは言え、それだったのである。だからこそ、「白樺派の同人たちも、われわれ一般の中流階級の息子よりは経済的に格段恵まれてゐたといふだけ」という感想が生じる。「俺は俺だ」を支えるのは、経済的であれなんであれ、力には違いないからである。ただし、力依存の世界は、中世すなわち乱世として、すでに十二分に否定されていた。明治大正の人間が、江戸以前に戻れるわけがない。それは芥川の項でも述べた通りである。

第二の引用について言えば、社会はたしかに個人から出たものだが、ただしこの個人とは、脳のはたらきである。身体としての個人ではない。ここにも、江戸以来の日本的「個人」の定義が、きちんと顔を出している。身体としての個人は、子供を産みだす力を持っている。脳はそれを持たない。だから、脳の産物としての社会は、「ムシけら一匹だつて生む力はもつてゐない」のである。個人が脳のはたらきと身体、すなわち心と身体、人工と自然であることに留意しなければ、社会が個人を、すなわち脳が身体を規定する面が落ちる。脳の支配を無視すれば、旧ソ連や大日本帝国は、存在しなかったことになろう。これはもちろん、安岡氏の信仰告白なのだが、氏の通り過ぎてきた時代状況を考えれば、こう言いたい気持はわからないではない。

第三の引用はたいへんよくわかるが、厳密にはまったくわからない。内容に比較して、表現が短すぎるのである。「見失った自己」とは、社会的自己であろうか、自己の考える自己であろうか。前者が破壊されたために、後者がどうしていいか、わからなくなっている。そういうことであろう。そこで「外側の評価」が必要なのだが、自己が見失われていては、なにを評価するのか、それがわからない。すでにラッキョウの皮剝《かわむ》きだと述べたが、自己の考える自己とは、無限に縮小する性質を持っている。他人が「理解できる」こと、それはかならずしも自己ではない。他人でもあるからである。それなら、真の自己、それは単に、自分しかわからない要素の組み合わせであって、そんなものにさしたる価値はなかろう。それがあってもなくても、「外側の基準」には無関係だからである。

小説家が考えた「自我の問題」、それはおそらく実体がない問題だった。だから私は、西洋文明が侵入してきた時代以降の、自己とか自我とか、そう称する問題に同情心はない。それが結局よくわからなくなったのは、自己の規定がはっきりしなかったからで、開業医としての本居宣長と二階の四畳半の本居宣長、その問題だと言ってくれれば、多少の同情心は持つであろう。しかし、二階の四畳半にいるなら、それは基本的には私とは関係がないので、宣長の好きにすればいいのである。

だから私は、私小説と言うときに、それをいわゆる私、すなわち自己の考える自己の問題とはとらえない。実際にそうではないか。父親や奥さん、愛人を抜いてしまえば、『暗夜行路』も『黴』も『爛』もない。社会をその領域まで縮小して、微分単位から社会倫理の構築をはかった、それが私小説なのであろう。だから、私小説家は、好むと好まざるとにかかわらず、多少なりとも倫理家の風貌《ふうぼう》を帯びてしまうのである。

倫理と文学

現今の新聞を見てみればいい。リンリ、リンリの大合唱である。人間はスズムシではない、と言いたくなる。その倫理に、文学が無関心だったはずがない。むしろ逆であろう。

志賀直哉を読んでいると、小説とは倫理の実践書かと思う。もちろん、不愉快だとか、不機嫌だとか、一見気分を示すような表現が多いが、それは作者が「倫理」を、具体的な状況において、創出しなくてはならないからである。具体的状況となれば、当然のことながら、すべての描写を倫理がらみにするわけには行かない。そうかといって、作中人物の行為や感情が「純粋」だとか不純だとかいう描写になれば、ほとんど警察で言う「不純」異性交遊を、私は思い出す。やっぱり道徳の書物に違いない。

一部の小説家を破滅型などと称するのは、倫理の意識しすぎから生じたものであろう。人間が「自然に」生きていれば、運悪く災難には出会うかもしれないが、そのために破滅するはずがない。たかだか精神病院に入るだけであろう。人間もまた、数十億年を生き延びてきた、動物の一つだからである。どこかに倫理がしっかりとあって、そこで勝手に無理をするから、「破滅」型になる。文学の部外者としては、そう見るより仕方がない。

『暗夜行路』のなかで、時任謙作《ときとう》が友人の末松と対話する。

「下らない奴《やつ》を遠ざけるのは差支へないが、時任のやうに無闇《むやみ》と拘泥《こうでい》して憎むのはよくないよ」

「実際さうだ。それはよく分つてゐるんだが、遠ざける過程としても自然憎む形になるんだ。悪い癖だと自分でも思つてゐる。何でも最初から好悪《かうを》の感情で来るから困るんだ。好悪が直様此方《すぐさまこつち》では善悪の判断になる。それが事実大概当るのだ」

好悪＝善悪だから、不機嫌という気分であろうが、女の好みだろうが、倫理に関わるのである。女への愛情、自分の気持が、「純粋」か否《いな》か、そんなことに悩むのは、それが倫理だからであろう。志賀直哉のように、年中機嫌が悪くなって、ああでもない、こうでもないと考えるのは、大脳辺縁系の機能を、同じ大脳の新皮質が、苦労して翻訳しているのである。知恵が邪魔するというのは、こういう事例であろう。好悪＝善悪なら、辺縁系そのままでよい。

新皮質は、人間としての理性の座である。他方、その新皮質が、辺縁系を抑制する。しかし、多くの場合、新皮質による抑制は、邪魔になるばかりである。父親と喧嘩《けんか》している主体は、辺縁系だからである。二人の辺縁系が納得するまでには、新皮質はいやというほど、ムダな苦労を重ねなくてはならない。

時任謙作は何度もくり返す。

「然《しか》し謙作は自身の過去が常に何かとの争闘であつた事を考へ、それが結局外界のものとの争闘ではなく、自身の内にあるさういふものとの争闘であつた事を想はないではゐられなかつた。」

「然し過去の数々の事を考へると、多くが結局一人角力《ずまう》になる所を想ふと、つまりは自分の内にあるさういふものを対手《あひて》に戦つて来たと考へないわけには行かなくなつた。」

「自身の内に住むものとの争闘で生涯を終る。それ位なら生れて来ない方がましだつた」

　謙作が「自分の問題だ」と言うとき、それは大脳新皮質と辺縁系の話し合いがついていない、ということなのである。それはもちろん、自分の問題に決まっている。自分の脳のことだからである。ただ、すでに述べたように、その脳は社会を作る。その社会は「過去の脳」が作ったものである。それならそこに「社会」の問題が絡《から》んでこなければならない。現に『或《あ》る男、其《その》姉の死』では、渡良《わたら》瀬《せ》川の鉱毒事件が登場する。しかしこれは「祖母や母などが先になつて」用意した「古着だの菓子だのの包」にまで矮小化《わいしょうか》し、ウヤムヤに終ってしまう。すべては結局、『和解』に終る。しかしともかく、話は倫理のまわりをウロウロまわっているのである。

　漱石の文学に、強く倫理の臭《にお》いがすることは、だれでも気づくであろう。この頃の文学とは、修身の教科書をいかに面白く読ませるか、その技術だったのではないかと思うほどである。もちろん、書いているうちに、修身でない部分が増えてしまうのは、それこそ「自然」、人情のしからしむるところであろう。芥川の『蜘蛛《くも》の糸』『杜子春《とししゅん》』に至っては、倫理道徳そのものではないか。同じ芥川が「道徳は便宜の異名である」などと書いているのを読むと、私はいたたまれない羞恥《しゅうち》に駆られる。私が書いたわけではないと思い直しても、やっぱりどこか恥ずかしい。明治・大正期における文学は、「道徳形而下《けいじ》学批判」、つまり倫理道徳の具体的検討にほかならない。私はそう考える。私小説もまた、それを証明しているのである。その点は、すでに述べたとおりである。

自己の変質と倫理

文学が倫理ではないと思われたのは、もちろん文学がそうでないフリをしたからである。それだけではない。それは、もう一つには、前回に述べた自己の変質に関わっている。

他者の見る自己、すなわち社会的自己は、明治以降徹底的に撲滅され、変化する運命にあった。「馬鹿《ばか》でも殿様」というのは、殿様のほうから見れば、社会的自己である。こんなものは、福沢諭吉の「門閥制度は親の仇」に見るように、当然撲滅されるべきなのである。そうした江戸社会の、社会的自己に関わる倫理道徳こそ勧善懲悪、『南総里見八犬伝』の仁義礼智信忠孝悌だった。時代を見るに敏な文学が、こんなものを認めるはずがない。だから、社会的自己に関する倫理道徳は、文学によってとくに否定されたのである。それが、文学が「反倫理」（非倫理ではない）と思われた大きな理由であろう。たしかに、外側の倫理、既成の倫理は否定したからである。それがたとえば、漱石から志賀直哉にいたる親子の葛藤《かっとう》という主題であろう。

親子の葛藤といえば、漱石の『それから』のなかのエピソードによく出会う。なぜかここが、好まれるらしい。代助が父親の家に行くところである。

「親爺《おやぢ》の頭の上に、誠者天之道也《まことはてんのみちなり》と云《い》ふ額が麗々と掛けてある。先代の旧藩主に書いて貰《もら》つたとか云つて、親爺は尤《もつと》も珍重してゐる。代助は此《この》額が甚《はなは》だ嫌ひである。第一字が嫌だ。其上文句が気に喰はない。誠は天の道なりの後へ、人の道にあらずと附け加へたい様な心持がする。」

前出の安岡章太郎の『志賀直哉私論』にも、ここが引用してある。ごく最近、岩波の「図書」でも、同じ部分を読むことになった。「漱石と私」という、読書感想文の欄だが、二十八歳自由業、戸村毅という人が、父親との葛藤にからんで、これをこの現代に、ふたたび引用しているのである。文学はやはり、倫理の教科書らしい。

『八犬伝』に「誠」はない。しかし、◯に誠なら新選組だから、これは立派に江戸の倫理であろう。要するに、五倫五常を前提とし、それを個人が死守する気持が「誠」であろう。誠の対象はともかくとして、誠の一字は、息子に嫌われたにせよ、なんとか生き延びたわけである。なぜならそれは、自己の考える自己、二階の四畳半、「鈴の屋」に上った本居宣長、そこでも通用する倫理基準だったからであろう。ただし、「自然」主義、老眼鏡と同じことで、誠の対象は、なんでもよかったわけである。

明治・大正の文学が、どういう意味で倫理道徳の教科書だったかと言えば、それが、社会的自己ではなく、「自己の考える自己」についての倫理の開発だった、ということなのである。もちろんそれは、五倫五常のように、あらかじめ社会に固定されたものであっては「ならない」。それはもう、とり壊す予定である。しかし、人間が社会生活を営むものである以上、どこかに倫理がなくてはならない。その倫理は、むしろ個人的生活の方法論として、見出《みいだ》されるはずのものである。だから、小説家は、すべて倫理の実践家になってしまった。だから私小説なのである。その方法は、できるだけ事実に「忠実」、すなわち「自然」でなくてはならない。それこそが、倫理を「構築する」正当な方法だからである。『黴《かび》』も『爛《ただれ》』も『あらくれ』も、そこで起こるできごとはすべて倫理の実験である。しかし、それがとてもそうとは思われなくなるほどまで、秋声は方法論的正確さに固執したのである。それが秋声の「事実に対する無比の正確さ」であろう。

こういう人物は、自然科学者にも多い。そうした人物はまさに「良心的」なのである。良心が倫理に無関係なはずはあるまい。徹底的に「良心的に」、そうした方法に依存すること、それ自体が「自己の考える自己」の倫理なのである。神が不在であり、モーゼの十戒がないのだから、それはやむを得まい。

倫理には手続き的倫理と、目的的倫理があるらしい。脳で言うなら、倫理とはすなわち、運動系にかかった、主として抑制の規則である。運動系の原理とは、はじめは要するに試行錯誤である。人間ほど高級になると、それではどうしようもないから、理性はそこに、あらかじめ枠を掛ける。それが倫理であろう。

ところが運動には時間がかかるから、そこにはまず実際の経過があり、その先に目的がある。手続き的倫理は、実際の経過に関わっている。宗教はふつう、当てにならない手続きと、明瞭《めいりよう》な目的を提供する。自然科学は、手続きしか提供しない。こんなものに従っていると、どこにつれて行かれるか、行く先不明なのである。だからただし、自然科学では、手続き的厳密さが徹底的に要求される。

自然主義もまた、自然科学に似たようなものであろう。秋声がどこに行きたいのか、それはよくわからない。そこが不明であればあるほど、ますます手続きは厳密であらざるをえない。だから自然主義よりもっと自然主義らしい、秋声の自然主義になるのであろう。

この件では、私はいつもアウシュヴィッツのメンゲレという医師を思いだす。かれは出産予定日の来たユダヤ人の妊婦を引き受け、模範的な消毒を行ない、お産を無事に済まさせて、母子ともに健康な状態に保ち、それから二人をガス室に送りこんだ。手続き的倫理は非の打ちどころがないのだが、目的的倫理が欠けているのである。五倫五常を説くような小説、そうした徳目を主張する小説はどうなったか。そうした外部の状況、社会的状況によって、善悪が判定され得るような描きかた、そんなやり方を「文学に」採用しようものなら、それは「大衆小説」と軽侮されることになった。純文学と大衆文学の相違とは、要するに倫理の相違である。倫理道徳が異なれば、自然に仲は悪くなる。善玉と悪玉が明瞭なら、それは大衆小説だということは、だれでも知っている。なぜ善悪明瞭かと言えば、そこには善悪の判定基準が、すでに示されているからである。つまりそこでは、倫理は外部化しているのである。それでなければ、善玉悪玉の区別は不可能である。しかしそれは、自己の考える自己についての倫理ではない。それでは、西欧化されていく時代における、新しい倫理の創造にはならない。

文学の韜晦《とうかい》

そう思って読めば、明治・大正の文学は、痛々しいほど倫理的である。評論もまた、結局は隠された倫理道徳をめぐって展開する。われわれの文学史は、そうしたエピソードにこと欠かない。わが国では、論争がつねに感情的になってしまうということは、周知の事実である。それは、自己の考える自己に作りつけたために、倫理道徳の数が増えてしまったからであろう。決まっているのは、たかだか方法だけだったからである。そういう状況では、批判は論理的批判ではなく、批判者の倫理道徳的判断と理解されてしまう。だから、批判された相手が怒る。それは自然科学であっても、じつは同じことである。話がもともと倫理をめぐってであったとすれば、このような状況は、起きて当然であろう。倫理問題を、倫理問題と意識しなかったから、思わぬ喧嘩になるのである。内部の倫理、自己の考える自己の倫理は、たえずそういう危険をはらむ。外部の倫理であれば、「決まっている」のだから、必要なのは、事実関係と弁護士に過ぎない。そこには論争の余地はあるが、感情は二の次でよろしい。冷静なほうが勝ち得るのである。自己の考える自己の倫理、内部の倫理は、どうにも手のつけようがない。なにしろ好悪=善悪と来るのである。私は志賀直哉の父親でなくてよかったと、胸を撫《な》で下ろすことになる。

行く先が不明なら、方法論として成立するしかない。そこで徳田秋声なのであろう。ところが、実際の事実がどうであるか、それはなかなか客観的には決められない。悪く言えば、デテールでごまかすことすらできる。それをどう自分が「自然に」行なったか、その心境はどうか、そこが倫理問題となる。それが「自然」であれば、それ以外に道はなかったわけである。それなら結果はともかく、経過は「正しい」としか、言いようがない。極端にそれを言えばふたたびメンゲレなのである。だからいまだに日本人は戦争の反省が足りない、と言われるのであろう。中国や韓国から見れば、この国はメンゲレを生む国である。そのかわり、科学技術はどんどん進展する。それは当然であろう。技術は手続き倫理優先だからである。

筑摩版「現代日本文学全集」の「徳田秋声集」に、広津和郎の「徳田秋声論」がある。このなかで広津は五十代半ばの、妻に死なれた後の時期の秋声について、次のように言う。

「新潮の合評会で、志賀直哉の『痴情』を不道徳と云つて非難したのもこの時期であつた。私はその合評会の席に居合はせたが、志賀直哉が久しぶりで発表したその作品の価値を高く買つてゐたので、その旨《むね》を述べると、秋声は開き直つて「君などは女に対する潔癖がないから、この作に共鳴するのだ」などといふ烈《はげ》しい物の云ひ方で、私の方へ向つて叱責《しつせき》するやうに云つたものであつた。私も開き直つて秋声に二言三言言葉を返したが、併《しか》しさういふ間にも、秋声のその烈しい物の云ひ方を、秋声の生活と照し合はせて、私はそこに或感動を覚えてゐた。道徳、不道徳といふやうな云ひ方も、秋声の言葉としてはめづらしかつたが、その若い女性に対する思ひつめた激情が、彼にさういふ言葉を使はせるに至つたのかと思ふと、興味深い事に思はれた。私達はその女性に対して、秋声とは違つた評価を持つてゐた。それだけに秋声の興奮が、われわれにいろいろな事を思はせたのである。」

これが道徳家でなくて、だれが道徳家か。ここで秋声が突然道徳家になったわけではない。そんなに器用に、人間がコロコロ変われるわけがない。広津和郎は秋声を優しく扱っているが、もともと問題は倫理道徳だったのである。当人もそうは思わず、まわりもそうは思わなかった。だからそれは文学の韜晦なのである。道徳家のくせに、悪者のフリをするな。誰かがそう言えばよかったのであろう。

野口冨士男の『徳田秋声の文学』（筑摩書房）には、別なエピソードが引用されている。それはちょうどこの頃の時期に触れた、秋声の息子、徳田一穂《かずほ》氏の書いた「『仮装人物』の手紙」の一節である。

「そのうちに、秋声が二三日家を空けたので、まだ人の出入りが多く、親戚《しんせき》も寝泊りしてゐた時分なので、直ぐそれと分り、正門と赤門の間の喜福寺の隣りの旅館に宿泊してゐた順子氏のところへ秋声を迎ひに行く役目を、長男である私に皆んなで押しつけるやうな事になつたのだ。二十を一つ二つ越してゐた私は、何か悲愴《ひさう》な気持で、順子氏の部屋で秋声と火鉢を差挟んで向ひ合つたのであつたが、既に衣桁《いかう》などに派手な衣装が掛けられたり、脂粉の匂《にほひ》の漂つてゐる部屋の容子に妙な気分を味はされ、そんな中に座つてゐる父親に驚かされたのであつたが、年の若い私は、文学かぶれのしてゐたせいか、背いのびをしたやうな型になり、恐らく内心照れて弱つてゐたのであらう秋声に、「お父さんは、自然主義の作家であり、こんなことをしては、作家としても駄目になつてしまふ」といふやうなことまで云つて、秋声を家へ連れ戻さうとしたのであつたが、「俺はこれで、ロマンテイックなところもあるんだ」など、と云ひながら、秋声は目に涙をためてゐるので、私はそれ以上話し合つてゐても、駄目だ、と思ひ、諦《あきら》めて、家に引返して来てしまつてゐたのだ。」

これについて、野口氏はとくに問題とすべき点が二つあると指摘し、次のように書く。

「まず第一は、一穂が父秋声にむかって、あなたは［自然主義の作家］なのだから、こんなことをしては［駄目になつてしまふ］といさめている点である。この言葉を逆に表現すれば、秋声が［自然主義の作家］でなければ順子との恋愛が許されるという論理が成立するわけで、この言葉にはいっけん筋が通らぬかのような印象がある。」

このあと、実際にはそうではなくて、この発言はよくわかるという野口氏の説明が続くのだが、問題はそこではない。これはやはり倫理問題だ、ということなのである。一穂氏は「あるべき自然主義作家」のイメージを明白に持っており、それは一種の倫理的判断だと言ってよい。そこでは、すでに説明してきたように、自然主義が一種の倫理だと解されているのである。

野口氏はさらに別な引用をする。秋声自身の発言とされるものである。

「僕は順子にしても小説が書きたいからああいふ恋愛もするので、さういふ目的がなければあんな馬鹿な真似《まね》はしませんよ。小説を書くには或《ある》程度まで自分の気持を打ち込まなけりや真実のものは書けませんからね。」

ついにここでは、「小説を書く」それも「真実のものを書く」という、目的的倫理が表明される。さてその真実とはいったいなにか。小説を書くとはなにか。そこに自然主義という「文学」の問題があるわけだが、それは別の課題となる。

身体と実在

個の歴史

議論全体の方向を示すために、「個の歴史」を中心に、これまでの議論をまずここで整理しながら、補足してみたい。

個人とは、具体的には、心と身体という二重性によって成立する。これほど当然なことはない。しかし、この国では、これはけして当然ではない。江戸つまり近世以降の日本では、「個」は心によってのみ、成立することになった。そこでは中世的身体が排除されたからである。頼朝から信長に至る、身体的印象を伴った人物像は、「何代」という順序数をふられた、記号化された将軍名に変化する。そこにはもはや、個人の身体的イメージはない。江戸南町奉行遠山金四郎には、桜吹雪という記号はあるが、顔がない。この桜吹雪は職人が彫ったもの、すなわち人工物である。身体的諸特徴ではなく、桜吹雪が個を象徴すること、これほどに近世的な現象はない。

心によって成立する個は、さらに社会的に成立する個と、自己が規定する個とに分かれる。社会的に成立する個とは、たとえば封建的諸身分であり、現代であれば、名刺の肩書きにその命脈を保つものである。近世においては、その「社会的個」と「自己的個」の分裂が、開業医および家長としての本居宣長と、鈴の屋という書斎の、「四畳半の」宣長として現われる。そのことをすでに述べた。社会的に成立する個は、定義上社会的に保証されなくてはならない。私の文脈では、それを保証したものこそが、封建的諸制度だったと見なす。

したがって次に、自己的個を正統として打ち立て、古い「社会的個」を徹底的に排除していこうとする過程に生ずる諸問題、矛盾を取り扱おうとしたのが、わが国における近代文学の成立だと見ることができる。その間に、四畳半の宣長に萌芽《ほうが》的に見られる自己的個すなわち「近代的個」が、大正以来、正統な個と認められるようになる。「発生しつつある」その近代的個を、実社会の中で確立しようとし、微分的にその実態を観察する方法が「私」小説であったなら、同時にそれは一種の「倫理としての近代的個」を打ち立てようとしたのである。すでに述べたように、この国の私小説家が微分的倫理家の相貌《そうぼう》を帯びているのは、そのためであろう。「個」は時間的要素を含み、そこには「なにをするか」、すなわち運動系が含まれる以上、運動系にかかる枠組みとしての倫理がそこに伴うのは、当然のことなのである。

その近代的個をさかのぼるなら、たとえば容易に漱石に行き着く。漱石が『私の個人主義』を学習院で講演したのは、大正三年十一月二十五日のことである。

「この時私は始めて文学とはどんなものであるか、その概念を根本的に自力で作り上げるよりほかに、私を救う途《みち》はないのだと悟ったのです。今までは全く他人本位で、根のない萍《うきぐさ》のように、そこいらをでたらめに漂よっていたから、駄目であったという事にようやく気がついたのです。私のここに他人本位というのは、自分の酒を人に飲んでもらって、後からその品評を聴いて、それを理が非でもそうだとしてしまういわゆる人真似《ひとまね》を指すのです。」（ちくま日本文学全集『夏目漱石』）

ここで漱石が述べた趣旨は、いまだに「そのまま」この社会に通用していることがわかる。それには、右の文章の「文学」ということばを、「科学」という別のことばに、ただ置き換えてみればいい。なにが「科学」かは、「この国では」、すでに「国際的に」規定されてしまっている。ここに私が書いているのは、私からすれば、解剖学的手法を用いた文学史、すなわち文学史の解剖学というしかないが、それは社会的には解剖学ではない。解剖学とはなにか、それを決めるのは、封建的諸制度と同じように「社会」である。ゆえに私は、漱石を借りるなら、「科学とはどんなものであるか、その概念を根本的に自力で作り上げるよりほかに、私を救う途はないのだと悟」るしかない。おかげで今度は、島田雅彦氏が言うように（『漱石を書く』、岩波新書）、「われわれはみな夏目漱石から生まれてきた」ことになってしまいかねない。

個の問題がこういう形をとることになった最大の背景は、近世以降の「普遍的身体」の喪失である。しかし、この背景はあまりに遠い。身体というその背景は、四百年にわたるこの国の歴史の間に、いわば徹底的に隠蔽《いんぺい》されてきた。その間に、身体が抑圧され、無意識化されてきたと言ってもいい。したがって、当然のことながら、すべては『こころ』の問題として表現されてくることになる。これが漱石の問題作の表題となるのは、偶然ではない。近代日本の「個」の問題の淵源《えんげん》には、普遍的身体の抑圧喪失があるというのが、私の視点なのである。それはかならずしも、よく言われるような「西欧化」の問題ではない。契機は理由ではない。

はじめに述べたように、個は心と身体という二重性からなる。にもかかわらず、その身体が江戸期では心に対して従となり、しだいに消し去られる。その過程そのものについては、別の論考を参照されたい（『日本人の身体観の歴史』、法蔵館）。その結果、「心」はいわば自己増殖、肥大し、次いで二つの自己に分裂する。明治以降では、その一方すなわち自己的個が、文学の中で社会的個を消し去ろうとする。それが、一般的な文脈では、封建制の解体を伴う、近代西欧文明の移入と解される。しかし、いかに西欧近代文明の移入があろうが、それを担《にな》うのはわれわれである。西欧ではない。すべてを他人のせいにしても、はじまらないのである。自己的個の確立という、この傾向がみごとに現われたのが、漱石のこの講演であろう。われわれが「みな夏目漱石から生まれてきた」のは、現代社会が、そうした漱石の社会の延長であることを示すに過ぎない。

もちろん、この講演は二重の意味を持っている。一つは、個とは自己が考える個であるという暗黙の主張あるいは前提であり、もう一つは、その個とは、「概念を根本的に自力で作り上げる」ものだという積極的な定義である。そんなことが現実に可能であるか否《いな》か、それはここでは問われていない。もちろんそれは、漱石の場合、具体的には、則天去私という中世回帰と、胃潰瘍《いかいよう》による吐血に終る。皮肉なことに、ここで突然、抑圧された身体が、作品ではなく、作者において浮上する。

胃潰瘍というのは、常識的には胃の病気だが、医者がそれをどう治療するかといえば、神経に対する薬を与える。つまりそれは、脳の病気が胃に症状を呈するものである。「胃の抑圧」とでもいうべきであろう。近代日本における「非文学的」二大文学事件は、夏目漱石の胃潰瘍と三島由紀夫の生首だが、これがいずれも抑圧された身体の急浮上であることは、常識的にだれでも気づいているに違いない。日本型の文脈では、それは文学「外」の事件とされてしまう。しかしその文脈とは、まさしく文学という「概念を根本的に自力で作り上げる」ことを妨害する枠組みなのである。われわれはいまだに、身体を排除する枠組みの中に暮しているからである。

大正三年の漱石のこの述懐には、個の歴史の上で大きな意味がある。唐木順三氏の言う大正教養派は、漱石の次の世代だが、そこではこの個が正統となるからである。唐木氏によれば、「明治維新前後に生れ、幼時に四書五経の素読をうけたジェネレイション、——即《すなは》ち鷗外、漱石、露伴、二葉亭、内村鑑三、西田幾多《きた》郎《らう》、さうしてその最後の型としての永井荷風と、明治二十年前後に生れた右の先達の門下との間には明確な一線を劃《くわく》せるのではないかと僕はかねがね考へてゐた。さうしていま僕が教養派と呼んでゐるのは、年齢からいへば大正六・七年に三十歳前後、或《あるい》はそれ以下であつたもの——を指してゐる」(『型の喪失』、筑摩書房)。しかし、右の漱石の述懐を見るかぎり、氏の規定した大正教養派の原型は、「個」に関しては、むしろ漱石であろう。

私が個の問題に同情あるいは共感がないのは、この国の近代文学史の内部では、個のもう一つの面を示すべき身体が欠けるからである。「文学青年」とは、まさにそれを表現したわけである。このことばは、ほとんどその定義により、肉体労働とは釣り合わない。さらに言えば、ポルノグラフィーとすら、どう見ても釣り合わないのである。そこでプロレタリア文学という奇妙なものが発生するわけであろう。これが文学史の面で、なんとも木に竹を接《つ》いだ印象を与えるのは、根本的には、問題の所在が背景に隠れた身体であるにもかかわらず、社会思想をもって、その代用とし得るとする誤解を招いてしまったからである。

社会思想とはすなわち脳のはたらきだが、それはどこまで行っても身体を置き換えることはできない。だから「労働」ないし「労働」者ということばが、左翼運動に浮上するにもかかわらず、その「労働」自体が宙に浮いてしまう。それで当然であろう。中国という数千年に及ぶ古い脳化社会において、その矛盾をさらに徹底したのが、毛沢東の文化大革命、そのなかで生じた下放である。これについては、いずれ論じる機会があると思う。

秦恒平《はたこうへい》氏の『からだ言葉の本』（筑摩書房）は、以下のように言う。

「〝からだ言葉〟について考えながら、同時に日本のことを、日本人のことをとりとめなく考え合わせてきたのだが、読者の皆さんもそうか知れないが、私は今さらになんとも陰気に気が重い。以前、勤めの職を持っていた時分に、仲間と声を揃《そろ》えて機会あればこんな唄《うた》を唱《うた》った。誰の詞で誰の曲なのか知らないが、メーデー・ソングの一つでもあったのだろうか。

若者よ　からだを鍛えておけ
美しい心が　逞《たくま》しい体に
からくも支えられる日が　いつかは来る
その日のために　からだを鍛えておけ
若者よ

この唄が、私は他のより好きだった。そのとおりだと思っていた。そのくせ、「美しい心」「逞しい体」の対句の関連を呑《の》みこむのに努力が要った。——〝からだ言葉〟を通して、日本人が〝からだ〟について何を考えているかを想像してみると、頭も目も口も腹も胸も手足も、どうやらあまり清々《すがすが》しい心爽《さわ》やかなものとは受け取られていないことが、いやでも分かってくる。優美で善良で清潔で高邁《こうまい》な〝からだ言葉〟がほとんど見当たらず、傲岸《ごうがん》で卑屈で抜け目なくてこすっからい表現の方が、圧倒的に数多い。［眉《まゆ》をひそめ］［目をそむけ］［耳をふさぎ］［あんぐり口をあけ］［胸が悪くなり］［鼻をつまみ］たくなる。」

この歌は、戦後の左翼運動の大衆化を象徴する歌であり、秦氏がそこに愛着を感じながら、違和感を覚えるのが、まさしくこの国の左翼運動における、「からだ」の位置を示している。直観的に言えば、問題はマルクシズムでも、封建制でもなかった。それは現実には「からだ」だったのである。しかし、だれもそうは思わなかった。マルキストの言うように、われわれの意識を規定するのは、まさしく社会だからである。

秦氏の文章では、身体のいわば意図的な蔑視《べつし》が、日本語そのものを、感覚的水準においてすら規定していることが指摘されている。わが国における差別用語問題に、これが大きな背景となっていることは、多くの人が気づくところであろう。筒井康隆氏の断筆問題が、テンカンに関わっていることはそれを明示している。実際に存在するものが、社会という脳の文脈で抑圧されるとき、それは漱石や三島由紀夫に限らず、かならず奇妙な形で、社会に浮上するのである。それは、個人における心理的抑圧と、まったく同一の構造をとると言っていい。その法則性を繰り返し指摘するのは、岸田秀氏である（たとえば『ものぐさ精神分析』、青土社）。その理由は単純である。多くの人がそう意識しないにもかかわらず、社会を作るのは、要するに脳だからである。身体という抑圧が社会に存在するかぎり、それに関わる文学史もまた、曲がりくねった迂路《うろ》を通るしか仕方がない。

徳田秋声の『仮装人物』（現代日本文学全集、筑摩書房）を例にとろう。主人公の庸三の愛人、葉子が痔《じ》の手術を受ける場面である。


「「ちよつと来て御覧なさい。」

やがて博士は庸三を振返つて、率直に言つた。

見たくなかつたけれど、庸三は手術台の裾《すそ》の方へまはつて行つた。ふと目についたものは白蠟《はくらふ》のやうな色をした彼女の肉体の或《あ》る部分に、真紅に咲いたダリアの花のやうに、茶碗《ちやわん》大に刳《ゑぐ》り取られたまゝに、鮮血のにじむ隙《すき》もない深い痍《きず》であつた。綺麗《きれい》といへば此《こ》の上《うへ》ない綺麗な肉体であつた。その瞬間葉子は眉を寄せて叫んだ。

「見ちや厭《いや》よ。」

勿論《もちろん》庸三は一目見ただけで、そこを去つたのであつたが、手術の後始末がすんで、葉子が病室へ搬《はこ》びこまれてからも、長くは傍にゐなかつた。やがて不愉快な思ひで彼は病院を辞した。そして其《それ》以来二三日病院を見舞ふ気もしなかつた。」

この文章が「見たくなかつた」からはじまり、「やがて不愉快な思ひで」病院を去るところで終っていることが、秋声の文学的世界、あるいはむしろ一般的に、私小説的世界の辺縁をよく示している。そこには、手術を行なう博士と、葉子との関係に対する、庸三のそこはかとない疑いと嫉妬《しっと》が底流しているのだが、そうした心理的なヴェイルをかぶせながら、優美繊細に、そしてきわめて婉曲《えんきょく》に、葉子の身体は秋声の世界からそっと排除されて行く。

これより数頁《ページ》前に、これによく似た叙述がある。

「先生、済みませんが、鏡ぢや迚《とて》も遣《や》りにくいのよ、ガアゼ取替へて下さらない。」

「あゝ可《い》いとも。」

庸三はさう言つて、縁側の明るいところで、座蒲団《ざぶとん》を当がつて、俯《うつむ》向きになつてゐる彼女の創口《きずぐち》を覗《のぞ》いて見た。薄紫色に大体は癒着してゐるやうに見えながら、探りを入れたら、深く入りさうに思へる穴もあつて、そこから淋巴《リンパ》液《えき》のやうなものが入染《にじ》んでゐた。」

ここではまだ、庸三と葉子の関係は、そう複雑化していない。したがって、同じような状況が、まったく感情を含めず、きわめて平叙的に描かれる。前者では、そこに博士が介在することが、叙述をまったく変えてしまう。ここでは、すでに述べた医療における制度的身体まで、話が関連しているのである。秋声についてよく言われることだが、こうした描写と構成のディテールは、ほとんど名人芸としか言いようがない。であるからこそ、こうした世界は滅びない、とも言い得るのである。

『かのやうに』

私の論考は、芥川論以来、大正三年前後をめぐって進んでいる。森鷗外が創作集『かのやうに』を出版したのは、大正三年である。もっとも表題となった作品自体は、明治四十五年一月発表のものである。

「まあ、かうだ。君がさつきから怪物々々と云《い》つてゐる、その、かのやうにだがね。あれは決して怪物ではない。かのやうにがなくては、学問もなければ、芸術もない、宗教もない。人生のあらゆる価値のあるものは、かのやうにを中心にしてゐる。昔の人が人格のある単数の神や、複数の神の存在を信じて、その前に頭を屈《かが》めたやうに、僕はかのやうにの前に敬虔《けいけん》に頭を屈める。その尊敬の情は熱烈ではないが、澄み切つた、純潔な感情なのだ。道徳だつてさうだ。義務が事実として証拠立てられるものでないと云ふこと丈分かつて、怪物扱ひ、幽霊扱ひにするイブセンの芝居なんぞを見る度に、僕は憤懣《ふんまん》に堪へない。」（鷗外選集4、岩波書店）

『かのやうに』について、南北朝正閏《せいじゅん》問題との関連、また主人公秀麿《ひでまろ》の父親を、山県《やまがた》有朋《ありとも》に擬することなどが通説となっている。この作品の書かれた社会的な背景、鷗外の状況は、ほとんど余すところなく解明されていると言っても過言ではないであろう（たとえば吉野俊彦『あきらめの哲学——森鷗外』、ＰＨＰ）。

ここでの問題は、もちろんそのことではない。『かのやうに』のこの部分に描かれているのは、社会のさまざまな約束事に対する、現実感あるいは実在感の不在である。この作品そのものが、ただひたすらそれを表現しているように見える。「熱烈ではないが、澄み切った、純潔な感情」とは、その苦しい表現なのである。鷗外はここで、約束事に対する実在感の不在を、約束事を固守しようとする倫理感にすり替えているのである。

主人公の父親、「精神上の事には、朱子の註に拠《よ》つて論語を講釈するのを聞いたより外、なんの智識《ちしき》もない」子爵《ししやく》は、次のように述懐する。

「倅《せがれ》の手紙にある宗教と云ふのはクリスト教で、神と云ふのはクリスト教の神である。そんな物は自分とは全く没交渉である。自分の家には昔から菩提所《ぼだいしよ》に定まつてゐる寺があつた。それを維新の時、先代が殆《ほとん》ど縁を切つたやうにして、家の葬祭を神官に任せてしまつた。それからは仏と云ふものとも、全く没交渉になつて、今は祖先の神霊と云ふものより外、認めてゐない。現に邸内にも祖先を祭つた神社丈はあつて、鄭重《ていちよう》な祭をしてゐる。ところが、その祖先の神霊が存在してゐると、自分は信じてゐるだらうか。祭をする度に、祭るに在《いま》すが如《ごと》くすと云ふ論語の句が頭に浮ぶ。併《しか》しそれは祖先が存在してゐられるやうに思つて、お祭をしなくてはならないと云ふ意味で、自分を顧みて見るに、実際存在してゐられると思ふのではないらしい。ゐられるやうに思ふのでもないかも知れない。ゐられるやうに思はうと努力するに過ぎない位ではあるまいか。」

これが、直接に聞いた山県有朋の本音であれ、鷗外の推測であれ、ともかく鷗外の一世代上の人たちが、すでにこうした現実感を持っていると、鷗外が判断していることに違いはあるまい。このような社会の約束事に対する現実感、あるいは実在感の不在は、日本的としばしば見なされる、本音と建て前の別にそのまま結びつく。荻生徂徠《おぎゅうそらい》による人為と自然の区分には、すでにその萌芽《ほうが》が認められる。ただし徂徠は、「先王の道」すなわち「物」の実在をおそらく信じていた。「朱子の註に拠つて論語を講釈する」のしか聞いたことのない父親ですら、この時代には、すでに古学を超えていたのである。

これはもちろん、時代の変わり目には、当然現われてきて不思議はない感覚である。変わりつつある社会では、伝統はほとんど約束事として意識されてしまう。それは現実ではなく、「仮の」現実であり、その認識をしつつ、それに従うところから、「アルス・オプの哲学」が生じる。ファイヒンガー自体が置かれた立場が、そうだったのであろう。その限りでは、これはある心象風景とでもいうべきものであって、もともと哲学でもなんでもない。なぜなら、デカルトのコギトに見られるように、実在感は哲学あるいは思想の強力な前提をなすからである。デカルトにおいては、思考する自己、あるいは自己の思考に実在感が付着していた。かれの哲学は、したがって、そこに「現実」を有する。一般に哲学や数学は、そうした「脳内活動」に対して現実感を付与し、そのゆえに、「抽象的」であらざるを得ない必然性を持つのである。

小堀桂一郎《けいいちろう》氏は、前掲選集の解説に言う。

「彼（鷗外）にとってファイヒンガーの哲学との邂逅《かいこう》は、あのやうに堅固に映ずる西洋キリスト教文化圏の精神世界に於《お》いても認識論上に同じ難題が存在したのだといふことを教へてくれた。その限りでこれは一時の心を満たすやうな発見であつたには相違ない。ただ現実の鷗外にとつてはこれはまさに一時の慰みであつたにすぎない。この哲学が八方塞《ふさ》がりの状況を打破する武器になるわけのものでもない。といふより、鷗外は畢竟《ひつきやう》一つの説明にすぎないこの程度の哲学に夢中になるほど学問の浅い人ではなかつた。彼が「かのやうに」の哲学に関心を抱いた痕跡《こんせき》は遂《つひ》にこの一作に表れてゐるのみであり、以後この思想に拘泥《こうでい》した形跡はない。」

小堀氏は『かのやうに』を素直に思想ないし哲学ととった。しかし、鷗外がここで描こうとしたのは、おそらくかれの心的状況であって、思想そのものではないはずである。鷗外がこの時に追求していたのは、端的に言えば、現実とはなにかという問題であり、それはその後の膨大ないわゆる「歴史もの」と、その方法論に表現されていく。肝要な問題は、その現実「感」である。それを実在感と言い換えてもいい。これは、われわれの脳が社会的に機能するとき、もっとも重要な機能として表われる。神なり、国家なり、ありとあらゆる制度なりが、われわれに与える現実感、あるいは実在感は、決定的に人を動かす。それは、戦前における国家と天皇制を考慮すれば、もはや説明の必要もないであろう。

脳はそうした現実感を担《にな》う器官である。それがしかも、社会的には、一朝にして変化し得る。維新の元勲たちが、薩長《さっちょう》の出であったことは、旧幕府の与える現実感の希薄さに大いに依《よ》っていたであろう。しかし、それでも、おそらくそれゆえに、そうした社会的現実感のはかなさは、かれらのよく知るところであり、ゆえに祖先の神霊もまた、「ゐられるやうに思はうと努力するに過ぎない位」のものだったのである。これが事実、山県公の本音を鷗外が紹介したものだったとしても、驚くほどのことはない。

このことが、身体とどう関係するか。心理的に言えば、この現実感・実在感が、わが国の近世以降の社会では、身体に関して不在であることを、私は指摘しようとしている。こうした「感覚」は、もちろんありとあらゆるものに付着し得る。自然状態のヒトにとっては、それはまさに外界の諸事物に付着するものであったであろう。しかしそれと同時に、急激に発達した脳は、それをさまざまな「脳内の」機能に付着させる。その結果、神の実在感をはじめとして、デカルトのコギトから、数学者における数学的世界の実在に至るまでの、さまざまな実在の対象が生じ得る。

本来こうした実在感は、ヒトが置かれた周囲の環境に対して付着すべく存在したと思われるが、ヒトはその環境を人工的に創造する。そのために、なにが現実かを「社会が決める」状況に立ち至るのである。なぜなら、ヒトは社会という環境のなかで育つからである。この国の近世社会は、そこから身体をおそらく意図的に排除した。近世の社会や思想はそれを排除するように構築されたのである。社会において、なにかが排除される強さは、それが排除されないときに与える現実感に、おそらく比例するのである。

実在感のような、こうした根源的「感覚」は、おそらく幼時の環境と教育によって、強く左右されるはずである。それが明治政府の教育にかける熱意を裏づけていたに違いない。すでに述べたように、身体はただ軍と医療においてのみ、制度化され、導入されるという結果を生じる。さらに近世以降の一般社会は、それすらをしだいに排除し、戦後の社会においては、それは医療制度の中にのみ、封じ込められるのである。

鷗外が、かれの論じた多くのものに、実在感を持たなかったのではないかという疑いは、多くの人に生じるであろう。かれがある種のニヒリストという印象を与えるのは、そのためである。『かのやうに』に代表される時期の随筆的創作は、そうした印象を強める。

なにゆえに、鷗外がとくにそうなのか。かれは官吏であり、官吏はもっとも約束事に拘束されるものである。しかもそうした約束事を創《つく》り出していく時代におかれた鷗外に対して、自己の現実感をそこにいかに導入していくかという作業を、時代がかれに強いたに違いない。したがって鷗外の関心は「事実そのまま」へ向かう。しかし、鷗外の現実感が、実際にはどこに付着していたか、それを私は知らない。かれの激しい創作活動は、むしろ鷗外が自己の現実感を追求する努力に見える。私は鷗外の研究家ではない。したがってその結論は誤っているかもしれない。それにしても、かれが書かなければならなかった三つの史伝は、事実を得ようとする、かれのきわめて強力な「こだわり」を示している。それは私には、かれが教育を受けた科学的方法論の発現としか、言いようがないのである。

芥川は「森先生」について言う（『文芸的な、余りに文芸的な』、芥川龍之介全集、筑摩書房）。

「僕はいつか森先生の書斎に和服を着た先生と話してゐた。方丈の室に近い書斎の隅には新らしい薄縁《うすべ》りが一枚あり、その上には虫干しでも始まつたやうに古手紙が何本も並んでゐた。先生は僕にかう言つた。——「この間柴野栗山《りつざん》（?）の手紙を集めて本に出した人が来たから、僕はあの本はよく出来てゐる、唯《ただ》手紙が年代順に並べてないのは惜しいと言つた。するとその人は日本の手紙は生憎《あいにく》月日しか書いてないから、年代順に並べることは到底出来ないと返事をした。それから僕はこの古手紙を指さし、ここに北条霞亭《かてい》の手紙が何十本かある、しかも皆年代順に並んでゐると言つた。」！　僕はその時の先生の昂然《かうぜん》としてゐたのを覚えてゐる。」

もしだれかが、自己の現実感の欠如に気づいたとしたら、鷗外のような行動が生じて不思議はないであろう。第一に、そうした重大な感覚の欠如は、探索行動への強い動機を生む。第二に、その結果、かれの領域は大きく広がる。現実感がどこに付着するか、それが発見されるまで、いたるところに、それを追うしかないからである。第三に、それは事実に対するこだわりを生じてよい。なぜなら、すでに与えられてある理性は、現実感・実在感の対象たるべき存在が、「事実であること」を強力に要請するはずだからである。こうしてわれわれは、むしろ自然科学の心理的起源に到達する。

芥川は前掲の小文のなかでさらに言う。

「畢竟森先生は僕等のやうに神経質に生まれついてゐなかつたと云ふ結論に達した。或《あるい》はつひに詩人よりも何か他のものだつたと云ふ結論に達した。」

その結論は、鷗外が自然科学者の原型だったということにほかならない。鷗外の業績を、「自然科学ではない」とするのは、単に社会的約束事である。芥川の直観は、おそらく意識せずして、そこを突いた。ここでわれわれは、ふたたびすでに述べた漱石に戻る。すなわち、「この時私は始めて文学とはどんなものであるか、その概念を根本的に自力で作り上げるよりほかに、私を救う途《みち》はないのだと悟」るのである。

時代とは、じつに興味深いものだと思う。芥川が今昔《こんじやく》を題材にして、それを近世的に変形しつつあるとき、鷗外はすでに『山椒大夫《さんしょうだゆう》』において、同じように変形した中世を、まったくその意識なく、むしろ正統なものとして描いていた。その後の鷗外は、それがいかに「文学」に見えようと、かれの心理における「科学」を推進する。そのときに漱石は、『私の個人主義』を主張している。こうしたことすべてが、私たちがいま住む世界を予知し、基礎づけているのである。それはこの社会の「近代化」であるかもしれないが、かならずしも西欧化ではない。

自然と文学

自然と身体

明治以降の日本文学が、身体をどう扱ってきたか。私の基本的関心はもちろんそこにある。

身体というこの主題は、自然という主題にそのまま移行していいわけである。なぜなら身体は、典型的な自然、逃れられない人間自身の自然だからである。にもかかわらずこの国では、身体が自然だという意識は多くの人にもはやない。したがって、この移行の意識ももちろんない。しかし、深沢七郎の出現が、ある種の文学的事件だったとすれば、その「事件」は、じつはこの文脈の上に置かれている、と私は思う。

われわれの意識は、内的自然すなわち自身の身体と、外的自然たとえば花鳥風月とを、別種の存在として切断してしまう。近世以降のこの国の体制が、そのようにして切断された内的自然すなわち身体を、きわめて巧妙に消去しようとしてきたことは、すでに述べたとおりである。文学もまた、芥川についてすでに述べたように、その意向に忠実であり、その意味では文学は、おそらく意識せずして体制派だった。

これによって逆に、「花鳥風月」が浮かび上がってくる。脳化社会の意識のなかでは、外的自然は、本来の不気味な存在から、そうした無害な存在に翻訳されるのである。さらに身体の消去の結果として、われわれの社会は「心優先」社会となった。身体の消去と心優先とは、もちろん同じ思想の表現であって、因果関係で結ばれるものではない。

本来そうあって当然であるはずの、身体から自然、自然から身体への素直な移行は、そうした体制によって絶たれてしまう。中世と近世の大きな違いが、そこに認められる。「自然に帰る」という表現は、中世では、まさにそのままの現実だった。それは九相詩絵巻や六道絵に見るとおりである。死者は現実に「土に帰って」しまうのである。近世以降では、しかし、それはほとんど比喩《ひゆ》に過ぎない。意識して見れば、たとえば『チャタレイ夫人の恋人』に、外的自然と内的自然の移行、その表現の試みを読み取ることは可能である。ここではまだその詳細を論じないが、文学におけるポルノグラフィーの問題もまた、この移行部、あるいは外的自然と内的自然の切断部に、位置づけることができる。

この移行を扱うときには、二つの面を考慮する必要が生じる。それはポルノグラフィーについて、明瞭《めいりょう》にわかりやすく表われる。その第一は右に述べた体制との関わり、すなわち社会的側面である。排除されるべき自然＝身体を持ち込むことは、社会との対立を生じる。人はしばしばポルノグラフィーが作品自体であるかのように錯覚する。しかし、当然のことながら、それが周囲の条件との関係によってのみ、成立することも多い。たとえばスウェーデンでは、解剖学的ポルノグラフィーは許容されるが、エリカ・ジョングはむしろ猥褻《わいせつ》だと感じられる。その基本的条件を与えるもの、それがそれぞれの人工環境である。わが国における、いわゆるポルノ裁判のややこしさは、ここに始まる。意識から消去された身体が、意識下に入ることは、個人の場合でも社会の場合でも、まったく同じことである。社会とは、集合意識だと見なし得るからである。身体的性という社会的無意識を「公《おおやけ》に」、すなわち意識的に論じようとするところから、ポルノ裁判の奇妙さが発生する。無意識の分析は、専門家でも困難に決まっているのである。

もう一つの面は、それ自身としての文学、あるいはポルノグラフィーの定義である。すでに述べたことがあるが、江戸の枕絵《まくらえ》は、生殖器を実際より巨大に描くことによって、身体の典型的な脳化を図示する。性行為中の生殖器の大きさは、脳におけるその投影に比例した大きさで描かれるのである。同じ論理が、一般の「文学」的ポルノグラフィーにも、おそらく貫徹している。商業的ポルノグラフィーが、不釣り合いに性を巨大化し、デフォルメすることとは、だれでも直観的に理解している。

私はこうした、それ自身としてのポルノグラフィーを、身体の脳化の一例と見なす。

こうしたポルノグラフィーは、むしろ典型的な脳化の産物である。それは自然としての身体ではない。現実には、枕絵式のこうしたポルノグラフィーが、脳化社会では許容される。それは、歪曲《わいきょく》＝脳化することによって、すでに「社会化」されているからである。時代とともに、こうしたポルノグラフィーの歪曲自体が、そもそも社会の反映に過ぎない。時代とともに、こうしたポルノグラフィーの規制が緩んでくるのは、暗黙のうちにその点が理解されてくるからであろう。それは、体制にとって問題とするに値しない。商業的ポルノグラフィーとは、体制の庶子に過ぎない。

身体すなわち内的自然と、いわゆる自然、すなわち外的自然を分離するのは、私の用語でいえば脳化社会、ふつうの表現でいえば、文明社会の意識である。そうした社会の内部では、身体は自然であることを禁じられ、暗黙のうちに「人工物と見なされる」に至る。裸体では、もちろんその「見なし」は不可能だから、衣服や散髪に代表される身体の人工化が、文明社会では当然とされることになる。さらに現代では、その人工化はさらに進展し、肯定的な形では人工臓器や臓器移植に認められる近代医療として、また美容整形の一般化として表現され、否定的な形では拒食症の増加として表われる。後者は「自然的身体としての自己」の徹底的拒否と見なされ得るからである。

もともと文学史に身体を見ようという私の意図は、この切断に文学者は敏感なはずだ、という素朴な思い込みから始まった。たとえば、いわゆるポルノ裁判は、それを示しているに違いない、と。さらにまた、生老病死は人間の自然であり、それはまさしく文学の主題であっていい。伝統としての花鳥風月は、言わずもがなであろう、と。ところが、そうした期待は外れた。むしろ私が発見したのは、文学者とは、典型的な脳化社会の人だという事実である。その人たちにとっての現実とは、むしろ社会であって、自然ではない。すでに論じた芥川龍之介にせよ、志賀直哉にせよ、基本的な目つきは社会を向いている。

考えてみれば、それで当然だった。文筆で生きる、それが可能だということ自体が、社会に埋没すること、脳化を前提とすることだからである。文学の現実は社会であり、自然ではない。身体という自然は、したがってつねに文学の辺縁だが、それは外的自然が、物理的に社会の辺縁に位置するのと、まったく同じことなのである。

この国の自然

この国の歴史で、現在に至る脳化が実現したのは、近世すなわち江戸以降のことである。江戸・大阪という大都市では、外的自然の実在は消える。しかし、それらの大都市を支えたのは、国民の九割に達すると言われる農民だった。農民はもちろん、日本型の外的自然と直接に対面するしかない。この自然は、ところが、きわめて「しぶとい」自然なのである。

日本型自然のしぶとさが、独特の日本型の意識を生み出した。こうした自然の存在が、アジアでおそらく唯一《ゆいいつ》の自然科学の急速な導入を可能にした。なぜなら、たえず自然そのものと直面することが、「自然」科学が生じるための重要な与件だからである。そうした自然は、それに直面する人間に、自然の観念を付与し、それを「現実化」する。弱い自然は逆に人工化され、「現実」から排除されてしまう。中国、インド、中近東の歴史では、それが生じた。そう私は考えている。

日本型の自然は、徹底的に繁茂する植物という様相を示す。熱帯降雨林もこれに近いようにみえるが、ただしこれは伐採されれば、雨期に表土を失い、砂漠化することが多い。具体的には、インドがそれである。丸山真男氏が指摘したような、「なる」を代表とするわが国の「歴史意識の古層」に、繁茂する植物のイメージが出現するのは、当然なのである。『古事記』に「豊葦原水穂国《とよあしはらのみずほのくに》」という有名な表現がある。これは、カラカラに乾燥した、大陸の自然を知る人の表現に違いない。本居宣長には、遺憾ながら大陸を訪問した経験がなかった。だから、『古事記』を編纂《へんさん》した人々が、ここでいわば、語るに落ちているのに、気づかなかったのである。もともと日本という土地に土着していれば、こうした表現で、自分の国土を表わすはずがない。そうした自然状況こそが、むしろ前提だからである。朝鮮育ちの日野啓三氏が、若いときに久しぶりに日本の国土を見たときの印象を、なにげなく語ったことがある。こんな緑ばかりの湿気た土地が、俺の故郷であるはずがない、と。

航空機から見ても、ブルドーザーで樹木を剝《は》ぎ、人工化しない限り、まったく緑で土の見えないこの自然、数十年放置すれば照葉樹林を回復するこの自然のしぶとさ、それはこの国土に住む人たちにとって、典型的な現実、すなわち「実在」だったに違いない。なぜならそれは、それに直面する人たちに、きわめて強い抵抗感を与えたはずだからである。しかしその自然は、この国の近代文学に影響を与えていないように見える。この強力な自然は、それに直面する住民の全精力をおそらく要求したからであろう。さらに農民にとって、すなわち田舎人にとって、都市はまったく別の世界だった。日本中に銀座ができる時代以前には、その相違は、われわれの想像以上のものだったはずなのである。父親が上総《かずさ》に流されたため、若年期を田舎で過ごした荻生徂徠は次のようにいう（「太平策」、日本思想大系、岩波書店）。

「タトヘバ、田舎人ニ都ノ事ヲ語《ラ》ンニ、タトヒ聡明《ソウメイ》ノ人ナリトモ、又蘇秦《ソシン》張儀ガ弁ニテ説セタリトモ、ナドカハ会《エ》得《トク》スベキ。只《タダ》都ニツレユキテ二三年モ置キタランニハ、イツノマニカハ移リケン、思ハズニ都人トナリテ、後ハ己《オノ》ガ故郷ノ人ヲミテハ、心ヨリ可笑《ヲカシ》クナリテ、目ヒキ鼻ヒキ笑コトナルヲ、ツク〳〵ト見ルニ、生ヲ転ジタルカト思ハル。」

徂徠はたまたま両方の世界を知っていた。上総で十三年を過ごしたあと、江戸に帰ってみれば、すでに御城下は「抜群代リタル」（「政談」、同）有様だったのである。すなわちこの時代に、江戸の脳化社会がほぼ完全に成立する。

私の住む町で、タクシーに乗って、運転手から話を聞いて驚いたことがある。自分の故郷では、老人が卒中になると、以後食事はさせなかった、と。肉体労働にとって、卒中の予後はまったく不良であろう。もはや働けないことは、歴然としているわけである。これはまさしく、『楢山節考《ならやまぶし》』の世界ではないか。

農民文学というものがあるかどうか、私は知らない。貧乏話が文学にならないというわけではない。『近代社会主義文学集』なら、私も手もとに持っているし、プロレタリア文学に至っては、全集までまだ古本屋で売っている。主義に「社会」がつくのは、偶然ではあるまい。農村はおそらく「社会」ではない。逆におそらく「社会」のほうが、農村に同化されてしまうらしい。それがたぶん、この国の自然の力なのである。しかるがゆえに、外的自然に直面するものとしての農民は、「社会主義文学」からも排除される。

この国の住民の九割を占めた農民の世界が、ほとんど文学にならなかったというのは、社会における文学の位置、また文学における自然の位置をよく示している。近世および近代における農民の社会的位置は、文学そのものが、それをみごとに表現していると言っていいであろう。いくらかでも農民と関連した文学の世界は、文学ではつねに辺縁だった。日本型の自然、そこから生じる状況が、直接に文学に表われるのは、すでに述べた大正三年、その年に生れた作家、深沢七郎からではないか。

深沢七郎と自然

『楢山節考』について、深沢は書く。

「[楢山節考]は、ちょっと、意外だった。残酷だと言われたのも意外だが、異色だと言われたのも意外だ。もっと意外なことは、何か、人生観というようなことまで聞かされたのは意外だった。あんなふうな年寄りの気持が好きで書いただけなのに、(変だな?)と思った。」(『言わなければよかったのに日記』、深沢七郎選集、大和書房《だいわ》)

深沢七郎は、若い頃、年寄りの女性によく可愛《かわい》がられたという話が残っている。実際多くの作品に、主人公としてバアさんが登場する。「残酷だと言われた」のが意外なのは、「楢山節考」の世界が、深沢にとっていわば当然だからであろう。自然はいわば、「当然に」決まっているのである。

新潮文庫の『楢山節考』の解説に、日沼倫太郎は書く。

「周知のように深沢氏にとって世界とは、それ自身としては何の原因もない[自本自根]のものすなわち無であり、空間の拡《ひろ》がるかぎり時間の及ぶところ、何時《いつ》はじまって何時終るとも知れない流転《るてん》である。万象はその一波一浪にすぎない。あらゆる事象は[私とは何の関係もない景色]なのである。このような作家が、作中に登場させる人物たちをあたかも人形か将棋のコマのように扱ったとしても無理はないだろう。心理とか感情とかは一切みとめない。物として処理する。これは前述の『楢山節考』をみてもはっきりしているので、向う村の後家は、亭主が死んで三日もたたぬのにヤモメになったばかりの辰平と結婚しなければならない。いや、しなければならないのではなく、するのがあたりまえなので、当人たちにとっても、村人達にとっても、後家とヤモメが一緒になるのは〈自然〉だし、またみごもった赤子を［捨《ぶ》ちゃる］相談を夫婦でするのも〈自然〉なのだ。このように深沢氏は、近代の人間中心的な思想とはまったく対蹠《たいせき》的な地点に立っている。これは深沢氏が徹底したアンチ・ヒューマニストであることを示している。」

近世、近代が中世を論じると、こういう論評になるらしい。日沼氏はさらにくり返す。「深沢氏の作品がもつイメージのおそろしさは、すべての事物が景色として、つまり〈物〉として無差別にとらえられている点にあると私は思う。」「このように深沢氏は、近代の人間中心的な思想からみれば、じつに重大な問題を無造作にとびこえ、原始の人間観を提示する。これはいうまでもなく深沢氏が人間を物としてとらえている証拠である。」（『笛吹川』、新潮文庫、解説）

深沢が「人生観というようなことまで聞かされ」て往生したのは、人生観とは社会的なものだからである。自然を扱っているかぎり、人生観などない。「観」など無視して勝手に運行するのが、自然なのである。だからそれを、昔の人は天道と言った。日沼氏は「人間が物」になったというが、これもちろん、この国ではごく一般的な表現だが、同時にわけのわからぬ奇妙な表現である。解剖学者の私が、日常的に言われつけているそれを、小説家深沢七郎が言われているのが、なんとも興味深い。人間の自然をとらえると、人間を物としてとらえたことになる。このくらい脳化社会を典型的に示す表現はない。深沢の作品のなかで「すら」、人間はもちろん「物」ではない。日沼氏の表現を借りれば、〈自然〉なのである。

日沼氏はほとんど言いようがなくなったためか、「作中人物たちを生命のない人形として扱」い、「心理とか感情とかは一切みとめない」「物として処理されている」と言う。これではまったく、「いわゆるつきの」解剖学のイメージではないか。深沢七郎の作品は、ここではとうとう、「自然」科学のイメージに変わってしまっている。日沼氏の表現は、おそらくご本人の意図とは無関係に、私の論点を逆側から証明しているのである。深沢七郎が扱ったのは、「自然としての人間」だ、と。

小説『千秋楽』の解説で、井上光晴氏はいう。

「楽屋の人々は決して冷たいのではない。反対に親切すぎる位親切なのである。だから余計、そういうもんだよな、と考えてしまうのだ。」

「深沢七郎における虚構の質をひと口でいうと、つねに裸の感情をつくりだすということとだろう。揺れ動くまま、嘘《うそ》いつわりのない気持を、決して裏切らない主人公の運命にひきずられながら、読者は人工的でない自然の無残さに打たれる。」

深沢七郎の作品の解説を読んでいると、こうして自然ということばが「思わず」登場する。さらに、無残とか、冷酷とか、残酷という表現があって、それが同時に同じ解説者によって否定される。否定するなら、無残とか残酷とか、書かなければいい。そう言いたくなるほどである。

日沼氏の「人を物として扱う」という表現は、「感情がないものとして扱う」という意味で使われている。そこには同時に、他者の感情を優先するという前提がある。社会はもちろんそうなっている。現代の若者がその典型だが、他人の気持を傷つけることを徹底的に嫌う。同時にそれは、自分が傷つけられることに対する強い反発となる。他人の感情はわかりにくいが、自分の感情なら、よくわかるからである。しかし、深沢が問題にしているのは、自然である。脳化社会ではない。

それなら、似たような文脈で、深沢七郎はなんというか。

「子供の頃、私の人差指にイボがあったことがあった。私は近所の女の子を呼んできて、

「イボを移してやろうか」

そう言って女の子に手を出させた。私はゴハンを食べる箸《はし》を一本持ってきて、私のイボの所と女の子の手に渡した。

「イボイボ渡れ、いっぽん橋を渡れ」

と言いながら右の指で橋を渡るようにかわるがわる両方に指をさした。そうすれば私のイボはそっちへ移って、私のイボは無くなるということを家の女中に教えられたからだった。いつも私はこのことが不思議でならないのだが、偶然にも、その女の子の指にイボが出たのだった。それからかなりたってからだと思う。その女の子の家の前へ行った時、その女の子の両親が口を揃《そろ》えて、

「俺家《おらん》のムスメにエライことをしやァがった」

とわめくように怒鳴ったのだった。

（そんなに大事なものかなァ）と私はびっくりした。私がびっくりしたのは大切なものは自分の身体だけで、よその者の身体は少しも大切なものではないと思っていたからだった。このことは私を後悔させて、私は他人《ひと》と話をしているとき、（ああ、この人も、家の人達は大切にしているのだ）と、ときどき、今でも、突然、私はそんなことを考えたりするのである。」

ほとんど解説の必要もないであろう。身体を媒介にして、「ああ、この人も、家の人達は大切にしているのだ」という認識を得る。これが子どもの頃から、バアさんに好かれた理由であろう。いったい深沢七郎というこの子どもは、なにを考えていたのか。おそらくほとんどの人が、ことばの上ではともかく、こうした思考に馴染《なじみ》がないはずであ

る。「大切なものは自分の身体だけ」という認識は、すでに脳化社会のものではない。日沼氏は「原始の人間観」だというが、いくらなんでも深沢氏は現代人である。まさしく中世的というべきであろう。深沢七郎は、河鍋暁斎《かわなべぎょうさい》などと話が合ったはずである。

甲州では子供のことをボコというが、蚕のことは「おボコさん」という。深沢はそう言った後で、「蚕は繭《まゆ》になって銭と同じなので人間の子供より尊いからかもしれない。が、私は蚕も子供も同じぐらいの物ではないかと思う」、と述べる（「自伝ところどころ」）。「ある時、私は地面を這《は》っている蟻《あり》を見て、［ハハァ、人間も、こんなふうに地球の上を這いまわっているのだナ］と思った」と続ける。これも「人間という自然」の表現だが、日沼氏は「物」と読んでしまうのであろう。

自然のということばが解説に頻出するように、深沢七郎の主題は人間の自然、生老病死だった。作者にその意識があったかどうか、それはわからない。あってもなくても、かれは生老病死を描いたのである。代表作『楢山節考』はもちろん、老と死を描く。集英社版の『極楽まくらおとし図』という短篇集を繰ってみると、「極楽まくらおとし図」自体は老人の安楽死を扱っており、「闇《やみ》」は学生運動の殺人、「いやさか囃子《ばやし》」は飯場の事故と死、「刺青菩薩《ぼさつ》」は刺青と身体の同化を、残りの短篇のうち二つ「報酬」と「ゲコの酌」は、それぞれ交通事故と酒という、現代の「魔」を扱っている。

こうした主題に一貫しているのは、まさしく脳化社会から一歩外れた著者の感性である。これもほとんど中世的と呼んでいいものであろう。直接に生老病死を描かないものでも、身体に対する言及が著しい。さらに「魔」の場合には、予測と統御が行き届いた現代社会のなかで、そこから外れた状況をわざわざ取りあげているのである。これはもちろん、偶然のはずがない。深沢七郎の目は、現代社会が排除するもの、しかもかれ自身が持っているものを、きわめて明確に把握していたのである。後の「風流夢譚《ふうりゅうむたん》」の事件は、そこから起こるべくして起こる。

「みちのくの人形たち」という作品は、昭和五十四年に「中央公論」に発表されたものである。現代小説をあまり読む癖のなかった私は、なぜかこれを、当時一読する機会があった。まことに感銘したというほかはない。東北の寒村で、代々「間引き」を業とする家に、主人公がたまたま客となるという話である。この家の奥の間には、両腕のない本尊が祀《まつ》られてある。これが先祖のバアさん（ここでもバアさんである！）なのだが、晩年におのれの所業の業《ごう》の深さを感じて、両腕を切り落とす。私の記憶では、自分で切り落とすようになっていたが、片方ならともかく、それは論理的に不可能である。今回、読み直してみたら、ちゃんと家の者に切らせたことになっていた。しかし、この物語の不思議な雰囲気なら、自分で両腕を切り落とすという話であっても、さして違和感はない。さらに小道具として、逆さ屛風《びょうぶ》が利《き》いている。出産が同時に葬式になるという、そのときにこの逆さ屛風が置かれるのである。この間引き物語に、腕のない「みちのくの人形たち」、すなわちこけしが、イメージとして重なってくる。

「秘戯」もまた、身体を扱った作品である。主題は男女交合の博多人形の話なのだが、歌麿さんという連れの紹介が、まず主題を暗示する。「裸というものは不思議な強さを持っているんだね」という、ストリップに関する会話が続くが、これは「輝いているこのハダカはどんな芸より怖《おそ》ろしい力を持っている」という「千秋楽」のなかの文章とつながっている。裸も典型的な身体だが、ともかくこれについては、深沢七郎は右のように思っていた、というしかない。人形作りの「師匠」という人物は、主人公が親しく知っていた頃には、親子三人で暮していたのだが、その子どもは「恐ろしい病いに侵され」「首は曲って、足は繃帯《ほうたい》をし」「眼玉がギョロギョロ動いているが無表情」なのである。この師匠は、病の子のために人形を作り、主人公はその人形を享楽《きょうらく》のために使った、とある。

「無妙記」という奇妙な作品がある。これはいわば現代ものだが、主人公は「腕の神経痛の男」で、京都の骨董《こっとう》屋である。アパートの隣室に大学生が三人いるのだが、その一人は運転手と呼ばれており、この男は「これから名古屋にドライブして正面衝突をして、夜なかには死骸《しがい》となって運ばれて来る」「そうして、間もなく、そこの金閣寺の裏の火葬場で白骨になってしまう」という、妙な紹介が作品中でなされている。残りの二人はボート部の部員だが、部員の一人の「父親が死んで」、明日その葬式にこの二人が行くことになっている。要するにここから先の登場人物はすべて、白骨になってしまう。深沢七郎の作品から、生老病死あるいは身体への言及を引用していけば、際限がないことに、おわかりいただけるであろう。この作家の脳裏には、明らかに人間の自然が実在していた。「それしかなかった」と言ったほうがいいかもしれない。それがどこから来たかと言えば、故郷の石和《いさわ》だとしか、言いようがない。「甲州子守唄《うた》」「笛吹川」「楢山節考」「妖木犬山椒《ようぼくいぬざんしょう》」「因果物語」などが、いずれも地元から題材を取ったものである。なぜそれが、深沢七郎になって突然、文学となったかは、天性を別とすれば、時代というべきであろうか。「ちくま日本文学全集」の『深沢七郎』の解説で、中沢新一はいう。

「甲府盆地を流れる笛吹川をはさんで、西岸には深沢七郎の生まれて育った石和があり、私はその東の対岸の日下部《くさかべ》で育った。そのために、あいだに戦争を入れて数十年の間隔はあるが、私も深沢七郎の文学が呼吸している世界の一端を、体験したことがあり、彼の文学がこのあたりの[庶民の世界]に、じつに深く根を下ろしている様子が、なまなましいほどによくわかるのだ。」

これに続けて、中沢氏はさらにいう。深沢の作品は、「甲州方言の世界」から、「栄養をえているように思える」、と。中沢氏によれば、甲州人は地元を批判されると、「甲州っちゅうところは、縄文時代からじきに明治の御一新になっちまったようなところで」という。さらに甲州人の会話が奇妙であって、それは「石つぶての投げ合いに似ている」、と。「甲州方言の世界」では、「自我の陣地から別の陣地にむかって、石つぶてが投げ込まれるようにして、会話というものは進行する」のだそうである。

深沢が唄を好んだことはよく知られている。楽器はギターを弾いた。子どもの頃に角膜炎になり、「角膜炎は治らない」と自分で書いているから、難治だったのであろう。その結果、左眼しか、見えなくなったらしい。二十歳の頃、さらにその見えている左眼が一時見えなくなった。両眼の見えなかった二ヵ月間を、ほとんど外出せず、たまたま母親が訪ねて来たのに、両眼が見えないことを言わず、母親に隠し通した。それは生涯唯一《ゆいいつ》の「武勇伝」だったと「自伝ところどころ」に書く。盲目の人物が出てくるから、谷崎の「春琴抄《しょう》」、中里介山の「大菩薩峠」が好きだったのだろう、とも書いている。眼が悪かったことから、耳への傾斜の理由がわかる。眼疾、耳への傾斜、唄、甲州方言が一緒になって、深沢七郎の特異な世界を構成したらしい。

作者自身を語る作品は、『人間滅亡の唄』（新潮文庫）である。この解説で、秋山駿氏はいう。

「深沢七郎が『楢山節考』を持って出現してきたとき、文学の世界は一つの驚きを経験した。新鮮な魅力というよりも、むしろ、異様な、名状し難いものに出合ったときの驚きにそれは似ていた。

この小説は、昭和三十一年の第一回［中央公論］新人賞になったものだが、選者の三島由紀夫は、深夜に読んでこわくなったそうで、「これは何か不定形で、どろどろしたものがあって、とても脅やかすんだ」と言っている。その感触はおそらく、小説の土俗的な光景などに由来しているのではなかろう。三島の本能が鋭敏に、自分の文学的知性によっては理解しきれぬもの、無力になり通用しなくなってしまうような或《あ》るものを、この作家のなかに探り当てていたからであろう。二作目、三作目が発表されるにつれて、「どうも、うす気味わるい」と洩《も》らしていたそうである。」

ここでもまた、まったく同じことだが、つまり自然というのは、「どうも、うす気味わるい」ものなのである。花鳥風月というと、その不気味が消えてしまう。三島はおそらく深沢七郎と自然をはさんで対極にある作家であろう。三島の脳裏には、人工しか存在しなかった。人工世界だけが、かれの現実だったのである。これについては、また後に述べる機会があろう。

もう一つ、深沢が描いた世界を、別な面からはるかに理性的に、あるいは理屈っぽく描いた作品群がある。それは、きだ・みのるの「気違い部落」シリーズである。この舞台は八王子の恩方《おんがた》村だが、この山村と甲州とは、それほど違った環境ではない。両者がほぼ似たような時期に公刊されたことは、深沢自身について、すでに述べたように、やはり時代と見るべきなのかもしれない。日本の自然ないし山村は、戦後十年を経て、はじめて文学、あるいはむしろ脳化社会の視野に入ってきた。そしておそらく、ただちに忘れられようとしているのではないだろうか。あるいはむしろ、再び抑圧され、排除される、というべきかもしれない。この文章を書く準備のために、私は両者の書物を探して歩いた。しかし、結局は、本屋ではほとんど見つからず、コピーを手に入れるしかなかったのである。

深沢七郎ときだ・みのる

深沢七郎の作品について、前回論じたあとで、福岡哲司氏の『深沢七郎ラプソディー』(TBSブリタニカ)を入手した。その結果、私の論旨を変える必要がとくに生じたわけではない。しかし私は、深沢七郎を論じた書物など、一切持っていなかったので、いろいろ得るところがあった。それを参考にして、もう少し深沢論を続けたい。

「石和《いさわ》というところは、どこか[死]の影のある伝承が多い」。謡曲「鵜飼《うかい》」の紹介ではじまる福岡氏のこの書物は、この文章でその導入部を終る。生老病死が人間の自然であり、それが深沢七郎の主題であったことが、ここに明示されている。さらに深沢の主題がきわめて中世的であることもまた、謡曲の筋書きが描かれることによって、同時に暗示されているのである。

続いて次章の初めに引用されるのは、「人間は屁《へ》と同じように生まれる」という深沢の有名な台詞《せりふ》である。福岡氏は言う。

「深沢七郎は誕生を、比喩《ひゆ》でもてらいでもなく、矮小化《わいしょうか》もせず、心底[生理作用]と言っているのである」。

こういう書きかたを見ると、私はウーンとうなるしかない。つまり、私も医者の端くれだから、赤の他人のお産に立ち会ったこともあるが、それが生理作用以外のなにものかであっては、じつは困るのである。子どもが生まれてしまえば、もちろん赤の他人にもそれなりの感動はあるわけだが、それまでは妊婦と一緒に、いわば生理作用につりこまれているわけで、生理作用がただの生理作用であるべく、医者や産婆《さんば》が見張っているのである。そこでは、お産の経過以外の余計なことなど、考えている暇はない。

「誕生」という生理作用が、深沢七郎にとっては「てらい」も「矮小化」もない「心底[生理作用]」だという説明が、福岡氏によってほどこされるについては、ふつうならそれは、ただの「生理作用」ではないのだ、という前提がある。時代をさかのぼるほど、ますますそれが、ただの生理作用ではなくなる。その視点が、その前提にさらに含まれているかもしれない。なぜならそこには、生理作用という「科学」的用語が使われているからである。

この国の歴史の解釈が「ねじくれている」のは、もちろん福岡氏の責任ではない。中世においては、生理作用はしばしば、そのまま生理作用だったはずである。生きていくのに余裕がない環境ほど、生理作用がただの生理作用になる。それにもろもろが付着してくるのは、社会が脳化するからである。

たとえばお産は、平安朝の貴族階級にあっては、「ただの生理作用」と見なされなかったかもしれない。それにしたってしかし、生んでいる当人、生れてくる本人にとってみれば、それは生理作用以外のなにものでもなかったであろう。それがそうならないのは、そこに他者の視点が当然として前提されるからである。それが社会である。その他者の視点のほうがついには大いに優越し、終《つい》にはそれだけになる。他者の視点が当然になるとともに、誕生が「ただの生理作用」でなくなるだけのことである。

平安朝は、典型的な脳化社会である。平安京や律令制《りつりょうせい》のような「頭で考えた」立派な都や制度は、中世にはありはしない。ほとんど壊れてしまっている。中世とは、ある意味では、遺伝子の支配する世界である。そこでは人々はむしろ、現代社会で社会生物学が採用するような型の思考形態をとっていたはずである。時代をさかのぼれば、ある傾向が一直線に増える、あるいは減る。そういう見方は、要するに進歩史観である。中世という乱世を過去にさかのぼれば、平安という治世に行き着く。そこで話が逆転し、その一直線が折れ曲がったところで、ちっともおかしくないではないか。

お産あるいは誕生が、社会一般に「ただの生理作用」でなくなるのが、脳化した社会である。「生理作用」という用語が、明治以降の近代科学の導入によって生じたことが、解釈のねじくれに一役買っている。中世には、もちろん近代科学はない。ゆえに「ただの生理作用」はない。それが「常識」であろう。それは、ことばの上の錯覚にすぎない。

たとえば中世における絵巻は、近代の科学者以上に冷静な「目」をもって、中世の人たちが死体を見ていたことを明示している。疑う人は、九相詩絵巻でも眺めてみればいい。いわんや誕生をや。

福岡氏のこの注釈によって示されるのは、すでに述べたような、「自然としての身体」に対する実在感の欠如が、むしろ一般の常識となったということである。身体性の排除が社会の常識となったからこそ、福岡氏の表現がある。私が「医者だから」「解剖学者だから」、お産が生理作用になるのだと言うなら、それがまさしく「自然としての身体」の排除もしくは医学への幽閉である。見る人間が医者であろうとなかろうと、お産はお産である。それを生理作用と呼ぼうと呼ぶまいと、お産に変わりはない。深沢七郎はおそらくそう思っているだけである。それが当然でなくなったのは、世の中が勝手にそう変わったのであって、それは深沢七郎のせいではない。このいわば認識のズレが、やがて『風流夢譚《ふうりゅうむたん》』事件を引き起こす。

深沢七郎という鏡

深沢七郎論の興味深い点は、それがしばしば深沢本人ではなく、論者の視点を示す試験紙になっていくことである。それは、『楢山節考《ならやまぶしこう》』に対する評価にもみごとに表われる。

福岡氏の書物では、「［山の中のような］小説」と題された章が、『楢山節考』をめぐるいきさつを扱っている。ここではまず、「［楢山節考］舞台再訪」と題された文章からの引用がなされる。この文章は、従姉妹《いとこ》の嫁入り先であり、『楢山節考』の事実上の舞台となった、山梨県東八代《ひがしやつしろ》郡境川村大黒坂《おおぐろさか》について、深沢七郎が言及したものである。「教えられたとかいう細工を加えられた人間の生き方でないもの、いかにして生きるべきかを自然にこの村の人たちは考えだしていると私は気がついたのだった」。

これはもちろん、たいへんわかりやすい話である。しかしこの引用文は、その分だけ私にはピッタリ来ない。なんだか珍しく、深沢七郎が説教をしているという感がある。たぶん村の生活が、深沢七郎の感性に、ピッタリはまったというだけのことであろう。深沢は、もともとそうなのである。

それよりも、そのあとに福岡氏によって書かれている部分が、私にはちゃんとした説明らしく見える。『楢山節考』を書いたきっかけを、深沢が古山高麗雄《こまお》に説明したという但《ただ》し書きがあって、こうある。

「日劇の楽屋という裸の女が押し合いへしあいしている［豪華けんらん］な生活をしていたら、山の中が恋しくなった。そうして、気がついたら小さな紙に［山の中のような小説］を書きつけていた」。

さらに福岡氏は述べる。

「巧まれた美の極——日劇ミュージックホールに閉じこめられていたからこそ、七郎は大黒坂の人たちの［自然］な生き方を懐《なつ》かしんだ。踊り子たちの若さや生気が横溢《おういつ》していたからこそ、よけいに〈生老病死〉を思わずにいられなかった。ミラー・ボールの七色のきらめきの下でも、境川村の自然で細工のない原始の闇《やみ》が、七郎の胸の底にはわだかまっていたのだ。日劇の楽屋で『楢山節考』を書き始めたのは、唐突どころか至極当然のことと思える」。

たしかにそういうことなのであろう。こうした踊り子たちの生態に、深沢七郎が決してなじんでいなかったことは、関係のあった踊り子が舞台の上で踊るのを見ながら、その女にすっかりイヤ気がさしてしまうという挿話によく表われている。「巧まれた美の極」というのは、もちろん深沢七郎の意見ではない。おそらく深沢七郎が見ていたのは「人工」であり、「細工を加えられた人間の生き方」だった。自然が実在すれば、そういうものはむしろ醜悪である。見るまでもない。見ればイヤになるものである。

『楢山節考』が中央公論新人賞に選ばれたときの審査員は伊藤整、武田泰淳《たいじゅん》、三島由紀夫である。「これなら大丈夫、間違いなし」という応募作品がめいめい一つずつ見つかって、それがしかも同じ『楢山節考』という作品で一致している。福岡氏はそう書く。つまり『楢山節考』は、当時の文壇にたいへんよく評価され、それなら理解されたというほかはない。しかし、である。「異論はなかったものの、審査員の選後鼎談《ていだん》には戸惑いが隠しようもなくにじみ出ている」。福岡氏はそう続ける。問題なく評価されるのだが、しかし、が付く。三島はゆうべは怖い小説を読まされて、眠れなかったと言う。選評でも、耐えがたく怖いと述べる。そこに歴然と表われるのは、深沢七郎の世界ではなく、むしろ三島が住む世界である。いったい三島は『楢山節考』のどこを評価したのか。評価がはっきり意識化されていないように思われる。ホラー小説の選考ではあるまいし、ただ「怖い」ではなんとも要領を得ない。

三島はきわめて論理的な作家のはずだが、その論理は人工の世界を前提に構築されている。要するに「つくりもの」なのである。われわれ自身が抱えており、それで当然であるはずの生老病死が、『楢山節考』という形をとったときに、饒舌《じょうぜつ》なはずの三島が言を喪《うしな》う。脳化社会は「自然を排除する」と述べたが、三島は典型的な脳化社会の人である。三島が『楢山節考』を評価するのは、それが人間の自然をみごとに描いている以上、当然というしかない。それは自分自身でもあるからである。しかし、三島の意識から、その自然は根本的に排除されている。ゆえにそれをあえて見せられたとき、こうした反応を示したのであろう。

伊藤整は、深沢七郎がおそらく柳田国男か折口信夫《しのぶ》の弟子だろうと言ったという。文字どおり、当たらずといえども遠からずである。柳田・折口はつまり、そんなことばはないが、中世派だからである。それにしても、その中世が、こうした形で都会の真ん中に出てくるとは、二人とも考えもしなかったに違いない。福岡氏は「的を射た」ものとして、伊藤の評を引用する。それは「近代文学の中での人間の考え方ばかりが、必ずしもほんとうの人間の考え方とは限らない」「僕ら日本人が何千年もの間続けてきた生き方がこの中にはある。ぼくらの血がこれを読んで騒ぐのは当然だという感じがす」る、というものである。これでは話は縄文時代まで戻ってしまうわけだが、甲州は縄文からそのままご一新だという、すでに引用した中沢新一の解説が思い起こされる。縄文時代人なら、『風流夢譚』を書いて当然かもしれない。あきらかに今の天皇家以前の存在だからである。

福岡氏は書く。

「七郎自身、もっとも自然な人情・風習として描いたつもりだったにもかかわらず、三人が三人ともこの『楢山節考』に名状しがたい恐怖、気味悪さを覚えたことは注目に値する。彼らは、フランクル、ロルカ、ブリューゲル、折口信夫、木下順二、はては〈伝統と現代文学〉のテーマまで持ち出して、なんとか『楢山節考』をとらえようとして四苦八苦しているかのようだ」。

伊藤整が言っているように、深沢の描いた「人間」は近代文学が描こうとした人間像ではなかった。しかし、このことは、深沢を規定するのではなく、むしろ伊藤の言う「日本の近代文学」を規定する。その「近代文学」なるものは、すでに『楢山節考』の頃にはその多様性を失い、特定の社会的構造物となっているのである。それは、近代日本社会が排除するものを、同様に排除した。プロレタリア文学の存在は、その免罪符にはならない。それ自身がまた、深沢的世界、中世的世界を近代に「遅れたもの」として、頭から排除したからである。『楢山節考』は、近代日本文学という流れに直角に顔を出す。だから位置づけに困るのである。

にっぽん部落

深沢七郎が書いた世界をべつな形で取りあげ、論評したのが、きだ・みのるである。もちろん両者の背景や資質には、大きな差がある。深沢がその世界の内部から現われたのに対して、きだはそれを外部から見た。さらに深沢は部落を過去に向かってさかのぼったのに対して、きだ・みのるはただいま現在のみを切り取る。その意味では、もちろんきだ・みのるの目は、深沢ほどの深部には届かない。

すでに述べたように、深沢は目が悪く、一時は両眼が見えなくなった。しかも、作家として名が出る以前は、職業的なギター弾きだった。深沢はすなわち、典型的な「耳の作家」なのである。『楢山節考』に限らず、民謡風の奇態な歌を作るのは、深沢の趣味だった。耳の作家は、ニーチェの表現を借りれば、ディオニュソス的である。それは、耳という器官が、おそらく目よりも強く情動に関わるからである。その理由は、すでに論じたことがある（「目の作家と耳の作家」、『カミとヒトの解剖学』、法蔵館）。きだ・みのるの作品は、はるかに明朗な感を与える。アポロ的と言ってよいであろう。ほとんど同じような部落を扱いながら、きだはその外におり、外から部落を眺める。「眺める」という表現は、かならずしも比喩ではない。目の作家は、やはり「見る」のである。目は対象との間に距離を置き、耳はトルストイが『クロイツェル・ソナタ』で書いたように、感情を不当に励起するのである。中央公論新人賞の三人の選者は、まさに感情を不当に励起されたわけである。

きだ・みのるの滞在した八王子の恩方《おんがた》村は、小仏《こぼとけ》峠のふもとにある。峠を越えても、山梨ではなく、神奈川県である。ここでは、東京と神奈川と山梨がいりくんでいる。私事にわたって恐縮だが、私の母の母、祖母の実家は、峠を隔てた恩方村の向かいにある。私の母の従姉妹が恩方に嫁に行ったが、そのときは三日三晩の婚礼だったという話を聞いたことがある。このあたりは典型的な山村で、要するに山梨と同じ、言ってみれば王化の及ばぬ土地だったのであろう。気違い部落の雰囲気を、私がいくらかでも理解しているとすれば、それが実際に私の母に体現されていたからである。

いまではほとんど言われなくなったが、かつて日本経済の二重構造ということばをよく聞いた。その頃には、この二重構造を、もっぱらマルクシズムで解釈しようとしたはずである。この二重構造と言われたものは、つまりは気違い部落と東京の違いに表現される、より根本的な「二重」構造から派生したに違いない。経済の土台には社会があり、したがってそれが経済に反映して、少しもおかしくない。なにごとも経済という範疇《はんちゅう》でしか考えなかったというのは、資本家も、左翼も、似たようなものではないか。しかし、根本的には、経済が二重構造を生み出したわけではない。

この二重構造は、そのまま江戸の社会に延長される。江戸、大阪、京都という大都会を支えたのは、農村である。その農村にそれだけの生産を上げさせたのは、戦後の常識は権力だというであろうが、これも「ただの生理作用」と同じで、もっと根本的には日本の自然である。平清盛ではないが、権力が逆立ちしても、自然条件を動かすわけにはいかない。日本の自然の生産力が高かったからこそ、人口からすれば、当時としては世界有数の大都市を維持することができた。しかし、おかげでそこには、都市すなわち脳化社会と、自然と常に関わらざるをえない農村という、日本型の二重構造がすでに成立したのである。江戸でその分離をよく意識していたのが、荻生徂徠であることは、すでに述べた。

大正以降の日本文化は、前者を現実であるとし、後者を遅れたもの、排除されるべきものとして扱った。文学にもそれは、典型的に表われている。深沢七郎の評価がまったく歯切れが悪くなったのは、問題がそこ、すなわち日本文学の前提に関わっているからである。なくなるべきはずのところから、こういうものが出てきては困るのである。

きだは、部落では、駐在と税務署に関わりあいを作らないという。駐在と税務署が、まさに国家官僚機構の末端だからである。同じ原則が深沢七郎の『甲州子守唄《うた》』に表われる。ある夜、オカアと徳次郎は、だれかが川の中を、人を観音背負いして歩くのを見る。人を殺して、背中に背負っているのである。オカアは徳次郎に「言うじゃアねえぞ」と言う。「お前が言わなきゃア言う人はねえ、わしゃ、口が裂けても言わんから」と念を押す。両人とも、殺人者を知っているのである。

こうした部落共同体の原則は、なにも日本に限ったことではない。インターポール、国際刑事警察機構で手配された犯人がスイス人である場合、故郷の村に帰ってしまうと、捕まらないという話を読んだことがある。皆で隠してしまうらしい。部落から縄付きを出さないのである。スイスも山また山、『楢山節考』があっても不思議がなさそうな、孤立した山村の集合体である。アルプス地方の山村の歴史は、最近ハウスプラウヨッホで氷が解けて発見された通称エッツィ、五千年前のミイラ以上に古くさかのぼる。このミイラも、どうやら当時の部落間の戦争犠牲者らしい。

部落の必要は、国法に先行する。きだ・みのるは『にっぽん部落』にそう書く。「この必要を無視して、そこと少しの関係もない東京の大ビルのデスク中で決めた掟《おきて》に従えたものではない」。

すでに引用した深沢七郎のものと、ほとんど同じ表現を、きだ・みのるにも発見する

（「気違い部落から日本を見れば」、『きだ・みのる自選集第四巻』、読売新聞社）。

「東京は思想でも勤めでも暮らしでも規則をもらって、それを守って暮らすところだ。部落は違う。自然の中で、まず生きることが問題だ。ここの土地で一番こく生きる生き方を絶えず捜し、実践しているのだ」。

ここから、自然が実在することになる。実在感を持つのは脳であり、人であれ動物であれ、脳は自己がその中で生きる環境を実在と認識する。すなわち自然が「実在する」にいたるのである。そこから「ただの生理作用」という見方が生じる。相手が自然であれば、そう考えるしか仕方がない。福岡氏によれば、花田清輝《きよてる》が深沢七郎を「あったことはあった主義」と表現したそうだが、これが、自然を相手にする思考の特質なのである。人工社会では「あってはならないこと」が存在する。しかし、自然を相手にすれば、「あってはならないこと」「不祥事」という表現が、じつは無意味だということに、ただちに気づく。雲仙に向かって、噴火は「あってはならないこと」だと述べても、どうにもならない。社会の脳化が進むと、人々の脳から自然の実在が失われ、当然のことながら「あったことはあった主義」が負ける。人は社会のみが現実だと信じるようになるからである。その社会では、すべては目的を持ち、予想され、統御される。そうでなくてはならないのである。

深沢七郎に対しては、きだ・みのるはこう書く。

「深沢七郎君については、部落は同情的ではない。——なあ、と新婚の泰ちゃんは言った。おれの名をさして首がコロコロと前にころがったなんて書かれたら、頭に来ちゃって、何をしでかすかわからねえや。ひでえもんだよ。いくら民主主義で言論の自由な世の中だってよ。

これは言論の自由という政治上の問題ではなく、インテリである作者の自制（ルトニユ）の問題だ」。

これはむろん、『風流夢譚《ふうりゅうむたん》』の事件を指している。この「泰ちゃん」の論評には、ある錯誤がある。首が転がったと書かれた人が、なにかをしでかしたわけではない。問題を起こしたのは、第三者である。だから、言論の自由の問題なのである。民主主義に敏感な、きだ・みのるほどの論理性の持ち主が、それに気づかないはずがなかろう。こうしたきわめて短い論評を読んでも、わが国での、この種の話題の議論の困難がわかる。この引用部分を書いているのは、きだ・みのるの感情であって論理ではない。私には、どうしてもそう思える。ひょっとすると、この違いは、きだと深沢の世代のズレかもしれない。ともあれここには、真の民主主義を奉じ、西欧風の教養を身に付け、部落を上から批判する人たちを批判する、しかし相変らず日本最古の脳化社会すなわち天皇制下のインテリである、きだ・みのるという人物が、その姿を覗《のぞ》かせている。「自制」とは、いまの日本語であれば、自主規制ということであり、これはありとあらゆる組織すなわち共同体、および個人が、この国では徹底的にやっていることであろう。だから、フランス語で注釈の必要などない。この国はなんでも自主規制だということは、いまではアメリカもよく知っている。輸出車の台数も、自主規制なのである。これはそのうち、そのまま英語になるのではないか。ともあれ、きだ・みのると深沢七郎が直接に交錯するのは、私の知るかぎりでは、ここに引用した一点に過ぎない。

身体論と部落論

さて、「身体の文学史」である以上、きだ・みのるの身体観を簡単に吟味しておこう。きだ・みのるの興味は、ほとんど社会的な問題だったと思われる。かれの「部落もの」の魅力は、『気違い部落周游《しゅうゆう》紀行』に代表される、部落の「英雄」たちの具体的な挿話にある。それにはおおかたの意見が一致するであろう。その社会とは、この場合、部落共同体である。きだ・みのるは、部落で社会を発見する。

「前の東京の生活でつき合っていたのは仲間で、部落でつき合っているのは小さくても一つの社会だと思うようになった。しかもそこには位階として財力しかなく住民とその使う言語は平等である。ここを民主的といわずに何処《どこ》を民主的といえるだろうか」。

きだの興味の中心は、こうして自分が発見したばかりの「社会」にある。だから、ここでかれの身体観などを追及してもはじまらない。ただし一か所だけ、作品の中で、心身問題に直接に言及した部分がある。
きだは自分が住みついた空き寺の以前の住人だった、大観和尚《おしょう》の手記と称するものを引用する形で言う。

「――人間は肉体と精神とから成っている――この二つの持物のうち人間の根源になっているのは何か。それは明かに精神だ。精神は嘘《うそ》をつき易《やす》く出来ている上に、真実か嘘か解《わか》りもせぬことを真実だと思い込むことも得て有りがちである。この精神のおかげで人間がどのくらい迷惑しているかは歴史を見れば瞭然《りょうぜん》たることだ。野心、欲、嫉《ねた》み、党派その他、例えば戦争のような悪を生むのも、この精神という悪者の所為に外ならない。今日のような精神がなかったら、人間はそんな禍《わざわ》いから逃れていた筈《はず》である。どうして精神はこんな歪《ゆが》んだものになったのか。それは精神を恰《あたか》も肉体の主人公のようにとうとび考える慣わしに依《よ》って起こったことだ。考えて見るとよい、精神が肉体に対する主人公振りがどんなものか。どの暴王にも劣らないくらい暴力的である。肉体を殺すことさえためらわないのだ。また肉体の些細《ささい》な要求にも一つ一つうるさい口を出して、肉体の求めるものは何でも悪だと極印を押して禁じて来ている。それ色欲は堕落の淵《ふち》でござる。食欲は慎しめ、酒は毒であるなどと。

だが考えて見るがよい。肉体は一体何を望んでいるのか。食って働いて、愛し、性交し、子孫を作り、眠り、最後に滅びることだけだ。何にも他人に迷惑を及ぼすことはない。ごく平和的なものだ」。

和尚の手記はまだ続くのだが、全部引用するわけにもいかない。必要もない。この和尚の考えを、三村一輝という人物が、沈黙草堂で実践しようとしている。それによって、「人間の自然」に徹しようとしている。そうきだ・みのるは書く。そして続ける。「私は彼と意見を異にしている」、と。むしろ饒舌《じょうぜつ》に徹することによって、それを成し遂げるのだ、と。

もちろんこの話は、ほとんど冗談だが、和尚の手記と称するこの引用から感じられるのは、戦後の雰囲気である。戦争中の「精神主義」には、つくづく懲《こ》りたのであろう。もちろんここでは肉体は社会化され、抽象化されているのであって、決して実存していない。

逆に、深沢七郎の部落共同体に対する興味は、どうだったであろうか。興味深いことに、きだ・みのるを思わせるような作品を、ラブミー農場時代の深沢は書く。それは『盆栽老人とその周辺』（文藝春秋）である。ここに出てくる盆栽村が、まさしくきだ・みのるの「気違い部落」の系譜を引いている。『風流夢譚』事件以降の深沢七郎は、どうやら共同体「社会」をはじめて意識したように思われる。そのときの深沢のスタンスは、ほとんどきだ・みのるである。

村で盆栽を売りつけられそうになる話は、きだ・みのるが書く、

「部落の理想は老若男女《ろうにゃくなんにょ》を問わず銭ことを稼ぎ、貯金し財産をふやすことで、機会があれば他人をひんむく快を取るのを辞せない」

という文章を明らかに想起させる。

『盆栽老人』のあとがきで、深沢は言う。

「太平洋戦争中、農家へ買い出しに行った人たちは、[農家の商法]の凄《すさ》まじさに遭遇しただろう。武士は威張り屋で、商人は利に走る。農家は利益を追うけれども無鉄砲的なところがあって、それが特徴なのだろう。妙なことに私の経験した[農家の商法]の中に、ときには商人的な感覚の人があって、そんなとき私はかえって怖《おそ》ろしさを覚えたのだった。つまり、無鉄砲な農家の商法の中に洗練された本職的な商人がいることは、かえって無気味さを感ずるのだった。また、[農民文学]などと名づけられる文学は、ほとんどが政治家や資本家に虐《しいた》げられた哀れな、無学な農民がテーマにされている。だが、私の眼でみた農民は、それとは少しちがっているように思えるのだった。(中略)盲《めく》滅法的なふてぶてしさは美事というか、スバラシイちから強さだと思う。生きるための知恵ではなく欲《よく》のための知恵なのだ。そういう農家の商法に遭遇して私は驚異と感嘆で圧倒される」。

三島を怖がらせた作品を書いた深沢が、農民に怖がらせられているのである。さらに「無気味さ」を感じているのである。続けて、深沢は言う。

「とにかく、私の農家の人たちに対するイメージは、そこに住み込んでみるとかなり意外だったのだ」。

というわけで、言ってみれば、私も意外なのである。境川村大黒坂についての印象を、深沢が語る文章を、先に「説教くさい」と述べたのは、つまりこうだからなのである。『楢山節考』を書いたときの深沢七郎は、農民が具体的にどういうものであるか、それを、きだ・みのるほどには、知らなかったというしかない。そうした具体的な知識と、小説の創作とは、あまり関係がないのだということがよくわかる。

あえて分類するなら、『盆栽老人とその周辺』は、深沢七郎が書いた、はじめての「社会」小説とでも言うべきであろう。社会には、約束事としての社会と、なにもかも引っくるめた共同体としての社会がある。きだ・みのるの言う東京は前者であり、気違い部落や盆栽村は後者である。どちらが現実かを決めているのは、そこに置かれた脳である。日本の近代文学は、本来前者に属している。右に深沢が言う「農民文学」も、またその典型であろう。

集英社版の「新日本文学全集」第十二巻は、きだみのる・深沢七郎集だが、この二人が一緒にされる理由はちゃんとある。ただしその接点は、『盆栽老人』なのであって、それはおそらく、この二人が一緒にされた実際の理由とは、まったく異なるに違いない。

戦場の身体

世代について

戦争に関わる日本文学として、大岡昇平の諸作品とくに『野火』や『俘虜記《ふりよ》』を除くことはできない。それが一般の一致だと思う。戦後五十年にこだわるわけではないが、ここですぐに気になることがある。「戦争」ということばの前に、どういう限定詞をつけるかということである。太平洋戦争とするか、大東亜戦争とするか。じつは最初に「この前の戦争」と書いて、それを私は消した。この表現は京都では応仁《おうにん》の乱を意味するという笑い話があるからである。当たり前だが日本はずいぶん古い国で、われわれはその歴史をかなり恣《し》意的に切り取る。それが表現に露呈するわけで、「この前の戦争」に関する限定詞をどうつけるかは、その人の政治的立場を示すと見なされることがある。それなら私の場合はどうすればいいか。私には政治的立場などありはしないのである。

他方ここの主題は身体の日本文学史だから、それを吟味しようとするなら、戦争体験の文学はそのなかで枢要《すうよう》な位置を占めてよい。軍隊が身体性を前提にする以上、そう考えて当然であろう。しかし問題は「史」である。この戦争はいまでは間違いなく歴史の一齣《ひとこま》と見なされているからである。では「この前の戦争」が応仁の乱になる歴史記述とは、いかなる基準によるのだろうか。その答はおそらく世間である。われわれの社会は世間の集合体という面を持っている。会社であろうが、官庁であろうが、村であろうが、あるいは学会であろうが、文壇であろうが、私はそれぞれを半独立の世間と考えている。マスコミが発達するのは、そうした群立する世間を統合する意味を持つわけである。そう思えば、京都では「この前の戦争」が応仁の乱になっていい。大阪が焼け野原になったとき、「東京ではじめた戦争がとうとうこんなことになってしまって」と京都人がいったという話もある。

「この前の戦争」に関して、大岡昇平の諸作品が定評を得た、また得べき作品群であることは一般に認められていると思う。ところが以前からじつはそうなのだが、こうした作品を読むたびに、ある距離なりもどかしさなり、語ろうとすればいささか面倒なものを私が感じることもまた間違いなく事実なのである。それがなにか、なんとかまず説明を試みてみたいと思う。それが右でいう「世間」と無関係ではないことは、私のなかでは明瞭《めいりよう》なのである。きだ・みのるは「気違い部落」の人間ができるだけ関わりを持とうとしないものとして、税務署と駐在を挙げる。それだけが部落へ侵入した国家なのである。そういう人間がやむを得ず軍隊という「国家的世間」に関わらされたのが「この前の戦争」であろう。だから右の京都人の台詞《せりふ》が出るのである。

大岡昇平は私の親の世代である。私の父親とは一歳しか違わない。だからかれの作品群は私にとってはいわば父親の世代の述懐である。世代もまた、この国の文化では、時間的世間といってもいいであろう。大岡昇平自身が世代問題にあんがい敏感だった。自分の育ちに触れて「明治末的貧乏」という表現をする。さらにこんな述懐がある。「私の世代は映画館に行くのが都会人の習慣となった恐らく最初の世代であるが、我々と七歳年長の人々とを分つ軽佻浮薄《けいちょうふはく》の風は、一部はたしかにこういう映像の受動的鑑賞による精神の怠惰から来るものと思われる。我々の観念はアメリカ映画的でなくとも、感情と行為はいつかアメリカ的となっている」(俘虜記)。大岡昇平が軽佻浮薄の世代なら、われわれはどうなるのであろうか。心理学者のヒューゴー・ミュンスターバーグは一九一一年、はじめて無声映画を見た。かれは近代的マス・メディアは諸感覚を鈍麻させると考えた。「それは空間、時間、因果関係から切り離され自由である。動く画像は――実際の世界から完全に孤立している」。われわれはミュンスターバーグが恐れたヴァーチュアル・リアルの世界にさらに踏み込んで、もはや出られそうもない。

大岡昇平の年代から私の四、五歳年上の人たちまでは私見では旧人類だが、「旧」というのは私たちの世代がその後の世代、すなわち戦後の傾向のさきがけとなるという意味ではない。そういう「進歩史観」を私はとらない。戦後の典型をいうならそれはいわゆる団塊の世代であろう。われわれの世代は戦前戦後の中間かといえば、物理的時間ではそうだが、私のいいたいことはいささか違う。旧世代と団塊の世代は、たとえば大学紛争では正面から対立している。それができるということは、両世代は枠組みが似ているということなのである。われわれの世代は、そんな対立をするくらいなら、舞台から降りてしまう。そんな類《たぐい》のことがいいたいのである。河野洋平氏はたぶん私と同年だが、かれが自民党の総裁選を降りてしまった理由は、ひょっとするとそのあたりにあるかもしれない。ああいう行動は他世代にはよく理解できないはずである。その表現が悪ければ、他世代はそれを理屈では理解はしても、納得はしないはずである。あるいは同じ状況でも同じ行動をとらないと思う。だから私とやはり同年の塩野七生《ななみ》氏が『サイレント・マイノリティ』を書いたのだと私は思っている。

ではなにが問題なのかといえば、自民党と社会党がほどよく対立することによって、米国から見れば、日本が狡賢《ずるがしこ》く国益を守ってきたといえるかもしれないように、旧世代と団塊の世代はうまく対立できたのだが、われわれの世代はそこがダメなのである。むしろその種の上手な対立自体を私は批判するかのような立場になってしまうのである。その種の対立の「古典的な」例が教科書裁判である。しかしこの例は何度説明しても、他世代にはうまく理解されないことが、もうわかっているような気がする。理屈でなんとか説明しようと努力するのだが、やっぱり話が通じていないことがわかる。それがいわゆる「戦争体験」の説明に似ているのである。教科書裁判では先日家永氏ご本人から、私が事実誤認をしている、人を批判するならまず事実を確かめてからにせよ、という趣旨のお手紙をいただいた。その主張自体がつまり教科書裁判なのである。文部省もそういい、家永氏もそういうから、教科書裁判になるわけであって、だから河野洋平氏は降りるのである。

これはすなわち暗黙の枠組みの問題である。それを私はとりあえず「世間」と呼んだ。その枠組みのなかにすっぽり入られてしまった相手には、もはやそれは説明のしようがない。だから降りるという行動は、枠組みの全否定の意味を含んでいる。降りるほうはともあれ「そうするしかない」のである。大岡昇平の小説と読者としての私のあいだにも似たような距離感がある。それを作っているのはおそらく大岡昇平のなかの戦前からの世間であり、それがすなわち暗黙の枠組みなのである。それ以外になにがあるか。だれかがそう思うとしたら、つまりそれが世間の中にあるということなのである。大岡昇平は自伝的作品のなかで、自分の母親が和歌山の芸妓《げいぎ》だったことにしばしば触れる。それは子どもである大岡昇平が母親の行動や心理を通じて世間をまず意識したということであり、世間自体が意識である以上、それを意識するなら世間はますます意識化するほかはない。逆説的だが、そのようにして世間という枠組みは無意識のうちに「身につく」のである。阿部謹也《あべきんや》氏は『「世間」とはなにか』（講談社現代新書）を書いた。そこでは万葉集から金子光晴に至る日本文学が「世間」ということばの遣い方を通じて解析されているが、その視点は個人と世間とである。それにはほとんど戦前までの文学の定義とでもいうべきものであろう。

われわれの世代はそうした世間の圧力がもっとも弱まった世代である。親は食物獲得競争に忙しく、世間には珍しく空隙《くうげき》が生じた。戦前から戦後への意識の切り替えが生じ、われわれはその空白期間の空気を吸って育った。だから世間的ななにかが身についていないらしい。「ない」側から見ると、「ある」ものが見えるのだが、その「ある」ものは、それが「ある」人にとっては空気みたいなものだから、どうにも説明が面倒なのである。比島のジャングルで死にそうな目にあっても、俘虜になっても、大岡昇平は折り目正しい。その規矩《きく》は無意識的に世間によって涵養《かんよう》された。私にはそう思える。なぜなら私はそういう規矩を一部にせよ持たないからである。『野火』の主題は人肉食であり、主人公は自分個人の決断で人肉を食べない。その背後にあるのは大岡昇平の規矩なのだが、私にはそんなものはないというしかない。解剖していれば、私の口には人体の切れ端くらいは飛び込む。それを飲み込んだからどうかといえば、どうでもないのであって、無意識的に人間を食ってしまう側から見れば、意識的に人間を食うことがなぜ興味の対象であるのか、そこが根本的に私には不明なのである。

物語という枠組み

大岡昇平とほぼ同世代で、似たような戦争体験をしたもう一人が山本七平である。二人をつなぐはっきりした糸は一本である。それは小林秀雄である。小林は大岡の友人であるが、山本七平は小林に私淑している。それは「新潮」の小林追悼の一文を読めば明らかであろう。夏目漱石の『こころ』についての講演のなかで、大岡がイザヤ・ベンダサンを論じているところがある（『作家と作品の間』、第三文明社）。ベンダサンの説を概略紹介したあとで大岡はいう。「どうも一つの文学作品の中に含まれる思想をこんな風に取り出せるものかどうか。作品の中の思想というものは、要するに物語の枠の中であるんですね。人間の心の中で恐しいあるいは高遠な思想がどう作用するか、どんな破局あるいは安定が生じるかということを、想像上の事件の仕組みで、いまはやりの言葉で言えば「仕掛け」で捉《とら》えることにあるような気がします。ベンダサンのように思想史的に解釈しても、作品には常に残るものがあるだろう。またベンダサンの分析自身も小説家の技巧と同じで、つまり実際にはないものを、いろんな形に言いかえて平地に波乱を起こしていらっしゃるような印象を受けます。」

ここでは「物語の枠」が意識されている。フランス語ならそれはイストワールであり、物語と歴史はそこでは近年まで共通のことばでくくられてきた。著者の言及の背後にはそれがあろう。この部分は著者の本音で、つまり大岡昇平はできればそのように物語を構成したはずだということである。なにしろ本人がそういうのである。そのさらに外枠がどうなのかが私の話題だから、話が自分でも面倒なのである。大岡昇平と山本七平の二人に共通するものは、ある種の「現実」へのこだわりである。戦争の報道と実態あるいは戦地と内地の考えの食い違いを体験していれば、そうしたこだわりが生じるのはよくわかる。ここで大岡は「実際にはないもの」という表現をしているが、これが大岡流の「非現実」であろう。ここはややこしいところである。現実とはふつうはアクチュアリティーすなわち日常の些事《さじ》だが、ここでいう現実はリアリティーであって、たとえば数学者は数を実在と見なす。そこでは2なら2という数がリアリティーである。普通はリンゴ二個、ネコ二匹、ゆえに2は抽象だと考えるが、数学者は2が実体であり、リンゴ二個はその「不完全な具現」だと見なす。哲学でいえばこれは典型的なプラトン主義である。主義とはある種のリアリティーが実在に転化することであり、軍国日本が実在と化したら、やっかいなことにならざるを得ないのは当然である。その種のリアリティーの成立には、多くの具体的事実を「排除する」しかないからである。だから坂本弁護士は排除されるのである。それなら数学すなわち2というリアリティーが実在するほうがはるかにマシである。なぜなら2はともかく脳内のある一般化の法則を示しているが、軍国はそれに比較すればより具体的つまり感覚的であって、あるていど具体的なものがリアリティーに転ずれば、よりさらに具体的なものが排除されざるを得ないからである。だから口紅もスカートも排除されたのである。大岡のリアリティーに比較すれば、山本のリアリティーははるかに数学に近い。だから大岡昇平が文学に依存して戦争を語るのに対して、山本七平は理科のように戦争を語る。同じ文脈のなかで大岡はベンダサンを指して「一種の思想家」だと表現する。この言葉遣いが表しているのは、そのことであろう。

念のためだが、大岡昇平は「事実」ということばを現実すなわちリアリティーとは明らかに異なる意味合いで使っている。『靴の話』のなかで、収容所にいる著者は自分の足に合った靴をたまたま手に入れ、それを埋めて隠したことを記す。そしてさらにいう。「数日後ふと通りかかって、私はその土の工合が私がならしたのと変っているのを認めた。掘り返して見ると靴はなかった。」私が埋めるのを見た者がいると見える。私は俘虜の大部分が米軍の十一文以上の靴を穿《は》かされている事実を忘れていた。収容所でも戦場と同じく［事実］だけが［正しく且《かつ》重要であった］のである。欠乏のあるところ常に［事実］がある。」ここでは大岡流世間の文脈から離れたできごと、それが「事実」と表現されていると見ることもできる。そうした「事実」が「正しく且重要である」ような世間を、もちろん俘虜であっても構築できない。著者はそれを「欠乏」に帰するしかない。この少し前に著者は書く。「結局靴だけが［事実］である。こういう脆《もろ》い靴で兵士に戦うことを強いた国家の弱点だけが［事実］である。」山本七平がこの種の「事実」に徹底的にこだわったことは明らかであろう。

「平地に波乱を起こす」というのは興味深い表現である。その平地に私は大岡の規矩を感知する。そこには「なにもない」という直観があって、平地という表現が出ているのである。山本は考えすぎだよ、それは頭のなかの話だろうが。平たくいえば、そういうことであろう。それでは存在するもの、事実、あるいは現実とはなにか。だから教科書裁判が絡《から》んでくるのである。大岡昇平の現実はある高さの地平に置かれているのだが、その地平はどうも世間と並行しているように私には見える。山本七平の著作よりも、大岡昇平の諸作品が時代的に早く認められたのは、その地平のためであろう。良かれ悪《あ》しかれ、文学はやはり世間のものだったのである。

人間の自然な欲求に対する大岡昇平の見方を例にとろう。「食欲について」という短編がある。「老人の食意地は戦時戦後の食糧難で立証されたらしい。少なくとも直接その経済的被害を蒙《こうむ》る運命にあった、中年の男達はそういっている。しかし中年男自体それほど意地がきれいなわけではない。少なくとも彼等よりカロリイの補給を要するはずの青年よりきれいでない。これは私が前線でも目撃したところである。」著者はそう書き出す。そして二人のいわば餓鬼の例が挙げられる。『野火』の著者が食欲自体に興味を持つことは理の当然であろう。「意地の汚さ」はここでいう世間の地平である。中年の方が食意地が汚いことについて著者はいう。「この現象に関する私の哲学的解釈は、青春は心を占める別の重要なる欲望を持っているが、中年はすでにそれがない、あっても弱いということである。彼等の注意が専《もっぱ》らもう一つの重要なる欲望たる食欲に向うのはこのためである。そして欲望はそれに注意することによって強くなる。」他の一つはもちろん性欲を指している。

ところが著者はかれらに温かい目を注いでいる。それはかれらが意外に戦闘においては平静だという面の評価としてあらわれる。第一の餓鬼的戦友は、僚船が沈められたときに武装して部署につくが、じつは口を動かしている。甘納豆を口にしているのである。「我々はこの時重大な危機の裡《うち》にあった。冗談ではない。正確に死の十五分前にいたかも知れないのである。その時私は無論なんの食欲も持っていなかったが、彼はその死の瞬間まで、心残りなく甘納豆を喰《た》べたいという欲望を起す余裕を持っていた。しかも狭い船室での遽《あわ》ただしい準備の隙《すき》に、素速くその品物をポケットに滑り込ませる沈着があったのである。

私は感服してしまった。」

「彼の名誉のためにいい添えておくが、彼はこういう代償としてでなくとも、諸勤務や当番において頗《すこぶ》る忠実であり、蔭日向《かげひなた》なくよく働いた。この点彼は模範的な兵士であった」というのが著者の評価である。このあとに軍隊での「序列はあまりよくなかった」

とある。この餓鬼的戦友に関する結論はこうである。「要するに私は彼の胃が常人とは少し違った構造を持っていたと結論せざるを得ない。こういう差別は医学的にそう簡単に証明出来そうにもないが、ほかに考えようがないのである。」もちろんわれわれはこの例について、他の単純な結論を出すことができる。この戦友にはなにか寄生虫がいたかもしれない、と。ただしそれでは小説にならないであろう。また、この結論は先の哲学的考察とやや矛盾することに気づかれるかもしれない。中年の一般論からはじまったのに、「胃が常人とは少し違った構造を持っていた」ということで終るからである。だからそこには著者の視点、つまり世間の視点が見え隠れしているのである。

「木下という我々の小隊長は、大正の志願兵上りの少尉《しょうい》である。彼は市川の方の或《あ》る町の袋物屋の主人で、見るからにひよわく、ひどいすが目を黒眼鏡で隠していた。」かれは巡視と称して、各小隊を廻って歩く。その都度バナナが食べられるからである。「やがて各分隊にマラリア患者が増えて、彼にバナナを振舞う余裕がなくなった。しかし彼は依然として毎日分隊を廻り続けた。

病兵を慰めた彼の言葉を私は今は覚えていないが、しかしその声音に含まれた真実な同情の響きを憶《おぼ》えている。そこには何等形式的なものも軍人風の空虚な激励もなかった。ただ一般社会におけると同じ礼儀と思いやりしか含んでいなかった。山の中ではこの調子が却《かえ》って異常であった。」その後かれは将校斥候《せっこう》に出て結局帰らない。「私は彼が拳銃《けんじゅう》を乱射しながら頗る軍人らしく死んだのを疑わない。素人《しろうと》は戦場において職業軍人より軍人らしいことがよくある。愛国の観念が軍隊のシニスムで毒されていないからである。」著者はそう書く。「袋物屋」も「愛国」も「軍人風」も世間の響きを持っている。「一般社会」ということばには、陸軍における「一般人」という表現の背景があり、それは海軍における「娑婆《しゃば》」と同じであろう。ここでは著者は軍隊と「一般社会」という「二つの世間」を往復しながら書いているのである。

基本的にはこれが『野火』の立脚点でもある。食欲が自然の要求であることは間違いない。それが脳の特定の中枢《ちゅうすう》に位置することすらもはや知られている。大岡昇平の世間はそういう見方をまだとっていない。余計なことだが、長い間寄生虫を持っていた人たちの食欲中枢がどういう振る舞いをするか、いまではそういうことは調べにくくなっている。虫がいなくなったからである。さらに私は胡桃沢耕史《くるみざわこうし》の『黒パン俘虜《ふりょ》記』(文春文庫)を想起する。そこでは飢餓状態にある若者の就寝時の幻想は、カレーライスやカツ丼《どん》といった食物に付着する。かれらにとっては、それ自体がじつは食欲の対象であるだけではなく、オナニーの対象なのである。だから胡桃沢耕史の世界がより生理的な世界だとすれば、大岡昇平の世界は同じ餓鬼の世界でも、あくまでも世間に近い世界である。ゆえにそれは「二つの世間の往復」に見えるのである。食欲の面についてさらに生理的な記述は、長尾五一の『戦争と栄養』(西田書店)であろう。ここでは前回の戦争がまさしく餓鬼の世界以外のなにものでもなかったことが、当事者によって医学的に証明されている。にもかかわらずそれがそう思われていないとすれば、それが「世間の常識」なのである。この書物がガリ版刷りから印刷になるまでは、戦後五十年を経る必要があった。教科書裁判と同じような誤解を避けるために付言するなら、現在の常識で私は過去を裁断しているわけではない。大岡昇平が医者でないこともわかっている。戦場にいわば連れて行かれたただの人であろう。だからこそそこには、当時の世間の常識が強く表現されるのであって、繰り返すがそれが「日本文学」だということを念入りに知らされるのである。

身体への視線

「私は今ここにこれ等毀損《きそん》された人体の状況を記述する筆を持たない。第一私が彼等を見ようとしなかったからでもあるが、たまたま否応《いやおう》なしに私の視野に入った奇怪な姿も描こうとは思わぬ。デュナンの『ソルフェリーノの回想』以来我々はこの種の悲惨の無数の記録を持っているが、しかも国家は依然として戦うのを止《や》めず、いかなる国庫も十分彼等の余生を償うほど潤沢ではない。しかもなお彼等の悲惨を描き続けるとは、取りも直さず彼等を侮辱することにほかならない。

明らかにこの惨状は医者か博愛者の眼をもってせずには近づくべきではないが、しかし医者は彼等に短い死のかわりに長い死を、或《ある》いは長い不具の余生を与えることが出来ただけである。」

これは『俘虜記』の一部にある「タクロバンの雨」の一節である。著者は収容所の重傷者のテントを通過するときのことを書いている。著者はここでも世間の眼、すなわち常識の眼を緩めることをしない。かれは「見ない」のである。見ない理由もきちんと記されている。さらにここで「不具」という用語が使われていることに注意する人もあろう。私がいま使っているエディタというソフトは、もはやこの単語を含まない。世間に規矩が置かれるのは結構だが、問題はその世間がこうして時間的、空間的にずれることである。だからモノサシが絶えずずれる。天皇制は時間的にそれをつなごうとする糸なのである。

もちろん戦場であるから、やむを得ず死体を見てしまうこともある。

「眼を転じると、道の反対側の一家の垣内にも同じような屍体《したい》があった。頭の傍に大きな薪割《まきわ》りが投げ出されてあった。その不動の横顔は何か考え込んでいるように見えた。臭気があった。考えて見ると、それは我々が広場に到着した時から引続き私の鼻にあったものである。私はただそれに注意する隙《ひま》がなかったのである。

この臭気が山で殺した野牛の残骸《ざんがい》から発するものと寸分違《たが》わなかった事実には、何か胸を衝《つ》くものがあった。甘いような辛いような、不愉快に鼻孔を刺激する臭《にお》いである。

広場まで帰って、私は自分の迂闊《うかつ》にまた驚いた。さらに数個の屍体が乱雑に重なり合っていた。肌も被服も土にまみれて地面の色とほとんど区別がつかなかったが、私がこの大きな映像を逸したのは、それが私の既知の映像の何者とも似ていなかったため、また眼が専ら敵を見出《みいだ》すのに忙しかったためであろう。

或る屍体は尻《しり》が現われ肉を失って、腰椎骨《ようついこつ》が露出して黒ずんでいた。私は最初この地点で犬が伸び上るような姿勢に見えた時、彼が何にその前趾《まえあし》を載せていたかを知った。広場を取り巻く椰子《やし》の梢《こずえ》に烏《からす》が多数とまっていた。彼等は我々がその餌食《えじき》の傍を去るのを待っているように見えた。

恐らく読者の大部分にとって、未知のこういう屍体の形状についてもっと詳細を記述すべきかも知れないが、今は止めておく。我々はこの種のものをよく見得るものではない。私は絶えず眼をそらし、眼を帰してはまたそらしながら見たと記憶する。こうして私がこの傷《いた》ましい観物を見た時間は合計三十秒を出ないであろう。描いて数百字を並べることも可能であるが、人間が三十秒しか眺め得ない映像について、読者に数分の注意力を強いるのは間違いではあるまいか。」

引用が長くなったが、これは『西矢隊奮戦』の一節である。ここには著者が暮らしていた時代の世間の常識が、限界的状況であるだけに逆にみごとに記されている。著者が「九相詩絵巻」「六道絵」の類《たぐい》をほとんど知らなかったことはたしかであろう。知っていれば椰子の梢の鳥は、少し前までは間違いなく餌《えさ》の上にいたのだとわかっているはずである。

「人間が三十秒しか眺め得ない映像」と著者は書くが、三十秒しか見ないのでは九相詩の絵は描けない。意地悪くいえば、芥川龍之介の場合と同じように、ここでは著者はこの映像を三十秒以上眺め得るのは「人間ではない」と規定している。その規定はまさに『羅生門』を書いた芥川の人間規定である。それを私は世間と呼んだのである。そこでは世間は時間と空間によって切り取られた、特定の約束事のうえに成立しているものである。その世間が日本の「伝統」自体からもいかに切り離されているか、その意識もまたない。『方丈記』は読んでも、九相詩絵巻は「見ない」のである。

「正面の仕切りの奥には十字架にかけられたキリストの像がある。私はこれまで二、三度日本の旧教の教会に入ったことがあるが、この種の像に感心したことはない。蠟《ろう》細工らしい蒼白《あおじろ》い肌が屍《しかばね》の色を、黒ずんだ赤が凝固した血を表わすとすれば、これは甚《はなは》だ悪い写実主義である。

三方の壁にはキリストの受難を描いた油絵が懸け並べられてあり、やはり夥《おびただ》しい血潮が、画面の主調をなしていた。絵はうまくもなしまずくもなし、恐らく何百年来お定りの構図と描法によって製造されて来たものであろうが、それだけ中世のバーバリズムを保存しているかと思われた。こうした血の色の氾濫《はんらん》の中で礼拝し得た西欧の中世人とフィリッピン人は、明らかに生死について我々とはよほど異った観念を抱いていた。」

私も常日頃、同じことを感じる。どう見てもキリスト教会は悪趣味なのである。しかしそうした悪趣味が「中世のバーバリズムを保存」してきただけなのか、それともそれはその必要があって保存されてきたのか。江戸という「世間」はあまりにも完成度が高かったためであろうか、またひょっとするとそのバーバリズムを唯一《ゆいいつ》保存した武士階級を明治になくしたためであろうか、生死の観念は変性し、いまではわれわれは死とは何かをあらためて考え直さなくてはならないという、古い文化としてはなんともお粗末な状況を抱えている。さらにお粗末なことに、結局人間どこで死んだとしていいか、それもわからないから、とりあえず具体的には手もつけられないという始末になっている。つまりわれわれのほうが「生死について我々とはよほど異った観念を抱いて」いることになってしまったのである。おそらくなんの「観念」も抱いていないのであろう。観念を生じるべき元の「事実」を隠してしまったからである。

右の二つの引用は、じつは『野火』の中に文学的描写として取り込まれている。それはそれぞれ「物体」と題された第十七節、「デ・プロフンディス」と題された第十八節である。右の引用が明確な距離感を持っているのに対して、『野火』では主人公の独白の形をとるために主観的に表現される。しかし内容に大差はない。

「会堂の階段の前の地上にあった数個の物を、私がそれまで何度もそこに眼を投げたにも拘《かかわ》らず、遂《つい》に認知しなかった理由を考えてみると、この時私の意識が、いかに外界を映すという状態から遠かったかがわかる。不安な侵入者たる私は、ただ私に警告するものしか、注意しなかったのである。［物］と私は書いたが、人によっては［人間］と呼ぶかも知れない。いかにもそれは或る意味では人間であったが、しかしもう人間であることを止めた物体、つまり屍体であった。」

これが典型的な屍体の見方である。それが日本の世間という文脈に依存することは間違いない。なぜならいまでもこの描写は通用するはずだからである。文脈が違えば、『野火』の主人公がそうであったように、屍体が見えないのである。見えないものはないものである。それが突如存在するに至るときに、世間の文脈は錯乱する。靴が「事実」であったように、屍体も単なる事実にすぎない。それはわれわれの一部だが、その認識を違えるのは世間の文脈である。著者の意図とは違うであろうが、それが「不安な侵入者」としてここでは表現されているのである。

太陽と鐵《てつ》

日本文学史のなかで身体を考えるとき、むろん三島由紀夫の作品とその人自身を抜くことはできない。さまざまな事情が絡《から》んで複雑化したとはいえ、「三島という事件」ほど日本社会と身体という問題を鮮明に表示したものはなかった。しかも文学史とはいえ、この話題はまだ生乾きのままである。

「新潮」の平成八年一月号には、石原慎太郎の『肉体の天使』が載せられている。これは小説の形をとっているが、三島由紀夫の身体観に対する、石原氏からの一種の解答といっていい。いまとなっては孔明《こうめい》が仲達《ちゅうたつ》を馳《は》らせた感なきにしもあらずだが。他方また「すばる」の平成七年十二月号では、同じ石原氏が野坂昭如氏と『三島由紀夫の栄光と挫折《ざせつ》』を語る。石原氏が三島との関係で執拗《しつよう》にこの肉体という話題を追求してきたことは、平成二年の「新潮」に『三島由紀夫の日蝕《にっしょく》』を書き、それが翌年三島との対談三つを加えて単行書となっていることからも明らかであろう。野坂氏が対談の相手であるのは、『赫奕《かくやく》たる逆光』(文藝春秋)の著者として当然の人選と思われる。こうして三島という事件は相変わらず現在の問題でもある。

三島を論じるには、もう一つ問題がある。三島自身の著作が膨大であり、三島に関する文献もまた膨大だということである。野坂氏は『赫奕たる逆光』の「あとがき」で、「筆を執るにあたって、先賢の研究書、評論、伝記を、最終的に六十二冊求めた」と書いている。神田の古本屋に行ったら二日で十数冊だか二十数冊だかが集まったとも書いていたと思うが、ともかくそういう具合なのである。これが問題を複雑化する。たとえば村松剛《たけし》氏は『三島由紀夫の世界』(新潮社)のなかで、「いくつかの伝説が、三島由紀夫をめぐってできかかっているように見える」と書いたあと、「たとえば三島の祖母の夏子――戸籍名はなつ――がその少女時代に、有栖川宮威仁《ありすがわのみやたけひと》親王と恋に落ちたという物語を、野坂昭如が書いているそうである」と書く。『赫奕たる逆光』のなかで、「なつは、威仁親王への恋心を、この上なく美しく物語った」とある部分であろう。別にどうでもいいことだが、この部分は虚構でありうることが、野坂氏の原文を読めばもちろんわかる。村松氏も「物語」と表現しているのだから、それで正しいわけである。この部分の記述は野坂氏の祖母と三島由紀夫の祖母との重ね合わせが芯《しん》となっており、三島の祖母についての野坂氏の話を事実と思ってしまうのはおかしい。という具合に、虚構をめぐってすら、そうしようと思えば、いくらでも注釈がついていくのである。

私も「目の作家」としての三島に触れたことがある(『カミとヒトの解剖学』、法蔵館)。

しかし、佐伯《さえき》彰一氏に「眼の人の遍歴」（『批評と研究・三島由紀夫』、芳賀《はが》書店）という一文があったことに最近気がついた。この種の文献考証を始めたら、専門に調べるほかはあるまい。もちろん私にそんな暇はない。しかも文学史としていうなら、三島自身の書いたものばかりではなく、周囲の人の書いたもののがむしろ重要な場合がある。三島が特殊な例であるとすれば、逆に石原慎太郎氏の著作に見るように、周囲の反応のほうが時代や社会をよく表すはずだからである。どちらも見落とせないとしたら、量が膨大なだけに三島への言及ほど面倒なものはない。三島の言行と、それに対する周囲の反応、その順列組み合わせは無限に増えていくのである。

三島伝説

三島は文武両道をいう。これは日本の伝統ということになっている。それならその伝統がどこへ行ったかというと、よくわからない。ここでは私なりの視点で、まずそれを追求したいのである。そもそも文武両道とはなにか。

三島の居合い抜きが武かというなら、武の一部には違いないだろうが、それが武の本性ではあるまい。石原氏がいうように、客を目の前において鴨居《かもい》に切り込むような居合いでは、危なくてしかたがない。私は甲野善紀氏の居合いを見たが、石原氏の伝える三島由紀夫の居合いよりは、はるかに安心な感じだった。ましてボディー・ビルが武かといえば、あれは見世物である。昆虫採集にあんな筋肉はいらない。解剖でも、解剖されたいというなら話は別だが、するほうには別にああいう筋肉はいらない。武道の専門家でも、あれは余計だというであろう。居合いにせよ、ボディー・ビルにせよ、なぜ不要なものに三島は凝ったか。

すぐに出てくる常識的な結論は、友だち、家族が悪いということである。止《や》めさせればいいのに。それをだれも止めさせないところに、すでに生前の三島伝説があった。死後に松本健一著『三島由紀夫亡命伝説』、奥野健男《たけお》『三島由紀夫伝説』などという本が輩出するのも、生きているうちから本人が伝説になろうとし、周囲がそれを補助したからであろう。意図的だったかどうかはむろん別である。日本の社会には間違いなくそういうところがある。日本在住の外国人がいうことだが、在日外国人のなかで、ある特定の性格の人たちは、日本に住むと、とめどない性格破綻《はたん》を来《きた》すようになるという。私の頭のなかでは、それが三島と重なってしまう。三島の父梓《あずさ》が三島を指して詐欺師《さぎし》と評したという話が伝えられているが、詐欺は一人ではできない。かならず相手が必要なのである。三島がそんな社会がいやになって、死にたくなって当然ではないか。私のようにまったく無関係な人間からいうなら、三島の死の責任は本人半分、周囲半分である。だから本人も周囲も、あれこれいろいろ書くのであろう。因果なことである。

「三島由紀夫の死とは、一体、なにであったのか。さまざまな人たちが、いろんなかたちで、いまだに論じて倦《う》むことがない。それというのもその死は、恐ろしく衝撃的であったし、解きほぐしがたい謎《なぞ》を突き付けてくるからである。そして、それは、三島由紀夫という一人の文学者にとどまらず、昭和の日本、現代世界の在り方、さらには、今日の文学そのものが抱え込んでいる問題につながっていると考えられるからである。」という具合に、伝説というものは生じてくるものらしい。これは松本徹氏の編著『三島由紀夫』(河出書房新社)の解説から引用したものである。この本の帯には「この一冊で三島由紀夫のすべてがわかる」と書いてある。なるほどたいへん便利な本ではある。三島の死の原因について、だれがなにをいったか、それも簡単にまとめてある。三島の死についての疑問が、右の例文を見れば、オウム信者の動機を探る疑問と同じ形式をとっているとは、すぐにわかるであろう。ただオウムであれば、理科系の秀才がなぜ、と訊《たず》ねるだけのことである。それは三島という「天才」がなぜ、と同工であろう。「理科系の秀才」と規定したのはだれか。それはすなわち詐欺の被害者だが、この被害者には被害者の意識はなく、したがって同時に加害者だという意識もない。これは一種のマッチ・ポンプの構造であって、三島が落ちたのもその構造のなかである。それ自体が嫌になったら、それこそ「楯《たて》の会」の連中とでもつき合うしかないではないか。それから自殺までは、これといった距離はない。三島はもともと死に憧《あこが》れていた人物なのである。

文武両道の生理学

文武両道を考える前に、まず三島伝説を退治しなくてはならないので話が横にそれた。石原慎太郎氏の『肉体の天使』は、子どもが木の天辺《てっぺん》から落ちるところで始まる。落ちては来るものの、つぎつぎに枝をつかみながら、なんとか生還する。こういうことが子ども時代の三島になかっただろうということは、伝記を読めばイヤというほどわかる。別に想像力はいらない。それこそ祖母の「なつ」、おばあちゃんがそんなことをさせるはずがない。だいたい木の天辺から落ちるような勇ましい子どもが、自家中毒になるはずがないと私は思う。石原氏に倣《なら》って書くなら、私も年中木登りはしたが、落ちたことはない。そういう危ないことは、用心して木の上ではやらなかった。ただし幼稚園のときに、お寺の中庭で、年上の子どもたちが瓦《かわら》を木の天辺めがけて投げているのを、木の反対側でポカンと眺めており、その瓦がまさしく自分の脳天に落ちてくるまで気がつかなかった。おかげで大けがをして、いまだに脳天が禿《は》げている。自家中毒はお手のもので、母親は小児科医だったくせに、私の自家中毒を治したことはない。個人的な育ちとしては、私は石原氏と三島由紀夫の中間にいるのであろう。

文武両道で多くの人が忘れていることがある。両者は「身体運動として」矛盾することである。私はこれにには生理的な理由があるはずだと思っている。昔の武士は口数が少なかったという印象がある。農民もそうだったかもしれない。公家《くげ》なら饒舌《じょうぜつ》でもおかしくない。つまりいわゆる身体の労働と、言語運動とは、脳の生理として矛盾するらしいのである。余計なことを付け加えるなら、言語は同時に運動である。視覚言語主体の日本語では、それをしばしば忘れる。

ペンフィールドのホムンクルスという、脳神経科学では有名な歴史的な図がある。これはヒトの脳の一次運動野に、身体がどう表現されているかという図である。ペンフィールド自身は脳外科医で、テンカンの手術の際に、意識のある患者さんの脳を刺激しながら、脳における身体地図を作った。この一次運動野は、脳の頭頂部から側方へかけて帯状に伸びる。この帯の上方から足、尻《しり》、胴体、手という順に並び、続いて首、頭、舌、咽頭《いんとう》、喉頭《こうとう》となる。この運動野の割り付けには、大きな特徴が二つある。一つは、身体各部の実際の大きさと、それが一次運動野に占める大きさとは、釣り合わないことである。たとえば手ははなはだ大きく、親指はとくに大きい。顔では口のあたりがむやみに大きくなる。これは末梢《まっしょう》における神経分布の密度に関係しているから当然であろう。もう一つ、首までは身体がいわば逆立ちをして運動野に並んでいるのだが、首で「切れて」、次に位置するのは頭の天辺、それから眼、鼻、口、舌、のどという順に、首から下の配置とは、上下の並びが逆転する。この理由はふつう説明されていない。

こうした割り付けを逆に身体図として示したものが、ペンフィールドのホムンクルスと呼ばれるものである。一次運動野と体性知覚野について、同じような図が描ける。このホムンクルスでは、すでに述べたように、顔では口がむやみに大きく、手では親指が、逆に背中はごく小さく、足は末梢のほうが大きい。ただしこの小人の首は切れており、胴体は逆立ちだが、頭はふつうの位置になる。この頭が私には三島の生首に見えて仕方がないのである。

なぜ首が切れるのか。それがこの一次運動野の身体の割り付けの謎の一つである。一般の哺乳類《ほにゆうるい》では必ずしも首は切れない。しかし、チンパンジーでは首はすでに切れている。ヒトだけで首が切れているなら、これは言語運動と深い関係があると見てよいであろう。なぜなら、逆転している頭の部分の主体は口であり、舌であり、喉《のど》だからである。それらはすべて発語に直接関わる部分ではないか。しかしチンパンジーですでに切れているのだから、言語運動だけが首が切れた原因ではない。ただしこの割り付けを見ていると、どうしても考えてしまうことがある。それは首から下と、首から上では、なにか運動の原理が違うらしいという疑いである。

身体は一つであるのに、一次運動野は二つにいわば「切れている」。首より下はふつうの身体運動を担《にな》い、首より上は動物では捕食や咀嚼《そしやく》運動を担う。ヒトでは後者はとくに言語運動である。ここにはわれわれの身体運動が二面性を持つことが表れている。さらに、脳地図上のこうした上下関係の逆転は、機能と関係が深いはずである。私が知る限り、それを傍証するデータが一つある。それはコウモリである。コウモリの一次領野の配列は、じつはふつうの哺乳類と上下関係が脳において逆転している。コウモリという動物は一生の八割の時間を倒立して過ごす。それが脳における身体の割り付けを逆転させているのである。

一次領野が首で切れていることは、なにを意味しているか。当然ながら、首から上の運動と、首より下の運動は、なにか違うだろうということである。一次領野ではそれは単に位置の逆転に過ぎない。しかし、その逆転を引き起こしているのは、脳の他の部分、さらに末梢としての身体を含めた部分の、機能差に違いないのである。形の違いは機能のなにかの違いを意味するからである。

だからおそらく文武両道なのである。文は比喩《ひゆ》的にも実際的にも、頭つまり頭部の運動を主体とする。多くの人は言語を運動と考えない。しかし、言語はしばしば立派な運動である。しかるに武は、首から下の運動を主体とする。脳の地図では、この二つのあいだは「切れている」のである。両者が同じ運動野にあるということは、じつは一方が大きくなれば、他方は小さくなるという関係を持つということである。脳では、同階層に位置する機能は相反することになる。たとえば右眼と左眼はその意味では相反する。だから斜視は片目の軸がずれているだけだが、結果としては軸のずれた眼は、脳内で他方の眼との競合に破れる。したがって眼自身に欠点はないのに、軸のずれた側の眼の視力はやがてなくなってしまう。なぜなら、その眼が占めるべき脳内の部位を、逆側の眼が占拠してしまうからである。片目の子どもの開いている側の眼は、両眼の健全な子どもの同側の眼の二倍の領域を脳のなかに持つことになる。

文武両道という表現は、首から上と、首から下の身体運動の釣り合いを表現している。私にはそういう気がしてならない。それなら三島はもちろん首から上が行き過ぎている。言語運動のいわば「天才」だからである。三島の戯曲、たとえば『サド侯爵《こうしやく》夫人』についての批評は、その意味で興味深い。澁澤龍彦《たつひこ》は『惑星の運行のように ルノー/バロー劇団「サド侯爵夫人」を見て』(『三島由紀夫おぼえがき』、中公文庫)のなかで、「今度のルノー/バロー劇団の公演で、役者たちがほとんどアクションということを示さず、多くの場合、直立不動のままで台詞《せりふ》を語っていた」と述べる。澁澤はここで、この戯曲には演劇的行為は一つしかない、それは最後にサド侯爵夫人が夫に会うことを拒絶することだという、別役実の言を引用する。そこでこの芝居では時間が流れないという話になるのだが、これはもちろん視覚の特徴である。ところがことばは視覚と聴覚の共通規則で成立するという私の考えからすれば、ことばの世界ではこういう芸がともあれ可能になる。そこで実際の芝居では、役者が全員ほとんど直立不動という奇妙なことが生じるわけである。なぜそんなことになるかといえば、この芝居自体が台詞の芝居であって、「演劇的行為は一つしかない」からである。「行為」はもちろん首から下を含んでいる。

そしてそこでは時間は流れざるを得ない。

石原氏の小説を評しながら、ある女性の編集者が「この人は文章が下手ですねぇ」と感にたえぬといった面もちで述べたことがあった。女性の運動はむろんふつうは首から上である。石原氏の文章に粗雑なところがあるというのは、三島ですら述べたと思うが、私はあまり気にならない。つまり石原氏の運動系には言語とは別な規則があるからで、それが首から下に関係しているのであろう。石原氏は要するにそのことを『三島由紀夫の日蝕《にっしょく》』、『肉体の天使』で一所懸命に主張するのだと思う。石原氏の言語運動はどこか訥々《とつとつ》という感がある。これは政治家には向いている。私はそう思う。言語運動があまり滑らかだと、人間はふつう信用されないのである。「男は黙ってサッポロビール」というコマーシャルをいつも私は思い出すが、これはまさに首から下の感性であろう。これが昔の武士のイメージであることは、もはや付言を要すまい。武士は言語運動を、つまり首から上を抑制し、首から下、すなわち武道に励もうとした。両者の関係ははたしてどうなのか、それが私のこれからの課題である。

首から下の身体運動

現代社会を見るかぎり、首から下は表面では旗色が悪い。テレビでは人々がほとんどしゃべりまくっているからである。しかし裏では首から下が強く浸透しており、ほとんど空恐ろしい状況にまでなってきている。オウムがヨーガに始まったことを、私は忘れてはいない。言語運動といったら、あの場合には「ショウコウ、ショウコウ、アサハラショウコウ」と怒鳴るだけである。その意味では、首から下の運動の重視も結構危うい。三島につられていると、そっちの面をつい落としてしまう。言語運動が破綻して生首になったのがきわめて珍しいから、三島が話題になるので、首から下の主張に従ってその結果破綻するのは、もともとはなはだ大衆的なできごとである。オウムを見れば、それがわかる。石原氏に対してそのことを指摘するのは、はたして余計なお世話であろうか。

首から下の身体運動は、本来は位置移動のためである。その原則は典型的な合目的行動なのである。最小限のエネルギーを使って、最大限の効果を得る。首から上、つまり言語はどうかといえば、かならずしもそうではない。情報器官は「量が質に転化する」ことを目論《もくろ》む。だから情報には剰余がある。かならずあるというべきであろう。剰余のない情報器官は発展しない。われわれの脳がチンパンジーやゴリラの三倍になったのは、要するに剰余である。チンパンジーやゴリラなみに生きていれば、そんな脳は不要だからである。遺伝子もまた重複することによって、多細胞生物を生み出した。

日本の伝統文化に「道」がある。しかもこれはおしゃべりにはあまり関係がない。武道も道であり、すべての「道」は要するに身体の所作である。こうした道を究めることが理想とされたが、そこに答なぞありはしない。三島は形式主義者つまり視覚主義者だったから、その答を形だと思ったらしいが、それは間違いであろう。なぜそうした誤りが生じるかといえば、身体の所作は同時に表現だからである。表現の側から入れば、道は形だということになろう。茶道にせよ、なに道にせよ、その種の誤解がよくあることは、ほとんど常識である。教育もまた、形から入ろうとした。医学でも解剖学から教えるが、これも形から入る典型である。しかし、形に入ったきり出てこない人なら、それこそ掃いて捨てるほどいる。形はそれほど簡単ではないのである。三島は出ようとして、出そびれた。

形は所詮《しょせん》は知覚系のものである。形から入るのは、知覚から入るわけで、それがただちに運動になって出て行くわけではない。運動は運動の法則を持っている。形はしばしばその理解を妨げるのである。形から理解できるのは知覚系、そのなかでも視覚系の法則に決まっている。形にこだわるなら、陽明学などやるべきではない。知行合一なら、運動系の法則が優先することになる。運動系の訓練としてはそれでもいいはずである。木から落ちつつある子どもでも、枝をはしから摑《つか》んで落下を防止する。その間はまさに知行合一ではないか。しかし明治以降の日本の学界が、それをおろそかにしたことはいうまでもない。突然入り込んできた西洋「世界」をまず「認識する」必要があったのだから、運動系が後回しになって当然であろう。世界を認識するのは、典型的な知覚系の仕事である。一般には脳は知覚入力から世界を構成し、その像にしたがって行動を決定する。しかし行動はその世界を変えてしまうのだから、もっとも合理的な法則とは、知覚系だけでも運動系だけでもない。それはわかり切ったことであろう。

江戸の日本文化は、首から下の身体に対して形を与えようとした。それが道であろう。日常の所作から、形としての所作へ。それが「型」として完成する。そのためには、言語表現は邪魔になる。『兵法家伝書』は文字で書かれている。しかし、大切な部分は道場で立ち合いの上で教えることになっている。そこでは言語がむしろ「排除され」、身体の所作が統御される。明治以降に行われたのは、念入りに作られたそうした型を組織的に撲滅することだった。いま残っているのは、相撲くらいであろう。こうした型がいかに普遍的な身体表現であるかということは、外国での相撲人気を見ればわかる。しかし相撲はほとんど恐竜であって、もはや日常の所作の延長ではない。三島がいかに型を求めても、戦後のあの時代ではそれが不可能だった。

戦後に目立った現象の一つは、まず身体の型の喪失である。型がなくなったために、若者は自分の身体を持て余した。身体は大きくなり、スタイルはよくなった。それなのに、電車のなかでは足を広げて不格好に座る。これを年輩者は行儀が悪いと評した。新しい現象を古い表現で評したから、若者に通じなかった。あれは身体を単に「持て余した」のである。首から下の身体運動が、あの段階でほぼ完全に統御を失ったのである。こうした運動の統御は、常住坐臥《ざが》に基本をおいている。それがまったく破壊されたのだから、型だけが保《も》つわけがない。持て余した身体には、持て余しているという身体表現しかない。だから「行儀が悪く」見えたのである。
それと同時に、テレビ・コマーシャルに外人のモデルばかり使うようになった。外人がそれを気にしたくらいである。三島流に考えるなら、訓練すればモデルくらいすぐに間に合うはずである。そうはいかなかった。日常という底辺から変わってきたものを、天辺から直すことはできない。以来われわれは身体表現を失い、「タダのデブ」に人生を引き回されることにすらなってしまったらしい。一目見ればわかるものを、だれもはっきりそう言えなくなったからであろう。その意味では自分の形から修正するという三島は正しかったのだが、表現から正そうというのは、やっぱりうまくいかないのである。もとから直す必要があった。

『太陽と鐵《てつ》』

三島の『太陽と鐵』ははなはだ評判が悪い。その理由は、読んでみればわかる。
「……ずつとあとになつて、私は他ならぬ太陽と鐵のおかげで、一つの外国語を学ぶやうにして、肉体の言葉を学んだ。それは私の second language であり、形成された教養であつたが、私は今こそその教養形成について語らうと思ふのである。それは多分、比類のない教養史になるであらうし、同時に又、もつとも難解なものになるであらう。」

なんだかほとんど香具師《やし》の口上を聞いているみたいである。公平のために付言すれば、この『太陽と鐵』を正の評価で取りあげたのは、澁澤龍彥くらいであろう。しかしそれも「三島由紀夫氏を悼《いた》む」という、死後のオマージュにおいてである。その上、この「三島氏の肉体に関する信仰告白の書」が「将来の自分の死を合理化するための理論の書にほかならないことを確認して、あらためて一驚した」というのだから、澁澤がビックリしている筋書きは、肉体の話とはいささか違うのである。さらに「その死を合理化するための作者の論理は、必ずしも万人を納得させるものとは言いがたく」、それも当然であるのは、もし万人を納得させるものなら、万人が自殺してしまうではないかと述べる。なんのことはない、三島の理論を少しも評価していないとも読める。そして「そもそも『太陽と鐵』は、神秘家の見神体験と一脈通じるような、作者の現実の体験によって隅々まで裏打ちされた、一種のイニシエーションの書という形をとっているのだから、体験を欠いた私たち、体験しようという意欲を欠いた私たちが、これに近づくことは容易に出来ないはずなのである」という。こんなことを言えば、石原慎太郎が怒って当然であろう。この「私たち」とはだれか。少なくとも俺ではない。そういいたくなるはずだからである。だから石原氏は、まだいまでも書くのであろう。澁澤はたしかにここでは三島の肩を持っているが、それはオマージュだから仕方がない。真面目《まじめ》に怒ってもムダである。ただ三島伝説の項で述べたように、この種のことをやるから伝説が生じる。

「つらつら自分の幼時を思ひめぐらすと、私にとつては、言葉の記憶は肉体の記憶よりもはるかに遠くまで遡《さかのぼ》る。世のつねの人にとつては、肉体が先に訪れ、それから言葉が訪れるのであらうに、私にとつては、まづ言葉が訪れて、ずつとあとから、甚《はなは》だ気の進まぬ様子で、そのときすでに観念的な姿をしてゐたところの肉体が訪れたが、その肉体は云《い》ふまでもなく、すでに言葉に蝕《むしば》まれてゐた。」

「世のつねの人」がどうであるかは、余計なお世話である。この表現がそのまま澁澤の「私たち」に通じるものであることは明らかである。私の記憶には、そもそも言葉の訪れの記憶など、まったくない。私は気がついたら言葉をしゃべり、本を読んでいた。子どものころに、ほとんどしゃべらなかったのは事実だが、それは母親が代わりによくしゃべったからで、当の本人は面倒だから口を利《き》かなかったに過ぎない。

「いはゆる健康な過程においては、たとへ生れながらの作家であつても、この二つの傾向は相反することなくお互ひに協調して、言葉の錬磨が現実のあらたかな再発見を生むといふ、喜ばしい結果に到達することが少なくない。が、それはあくまで［再発見］であつて、彼が人生の当初で、肉体の現実を、まだ言葉に汚《けが》されずに、所有してゐたことが条件となつてをり、私の場合とは事情がちがふと云はねばならない。」

ここでも同じ表現がある。「いはゆる健康な過程」について、なぜ三島は述べることができるのであろうか。なぜ他人のことがこれだけわかっているように、三島は書くのであろうか。本当に変わっている人は、つまり精神の病に苦しむ人であれば、他人のことを言わない。自分はこうだと、ただ言う。そうに決まっているではないか。だから、こうした叙述がきわめて嘘《うそ》くさくなるのである。「私の場合とは事情がちがふ」というのは、世間によくある言い草である。違う場合もあるし、そうでない場合もあろう。むしろ世間の常識としていうなら、それを判断するのはふつう当人ではない。周囲である。総じて『太陽と鐵』の文章表現から私が受ける印象は、悪い意味での「世間」である。世間の常識である。『太陽と鐵』がもし信仰告白であるなら、自分のことだけを言えばいい。他人がどうであろうが、知ったことではない。それが告白であろう。告白というなら、三島はすでに『仮面の告白』を書いている。この表題自身が、みごとにそれを表明している。告白なんかできないのである。なぜ自我をそこまで防衛する必要があるか。肉体の実存について言いたいなら、意識化された自我などというものは、たかだか千五百グラムの脳の、それもそのごく一部の機能に過ぎない。それを銘記すべきではないか。三島に対して、そう言うべきだったのではないか。それを妨害したのは、いまだに歴として存在する世間である。三島と世間は共犯関係にあった。すでに述べたように、あの自殺がわからない、青天の霹靂《へきれき》だというのは、不在証明に過ぎない。オウム真理教事件が一方でその姿を現しつつあるときに、日本の国会は戦後五十年の不戦決議がどうとかを論じていた。だれに強制されたわけでもない、日本人の任意団体が、七三一部隊と本質的には同じことをやっていたことが判明している時期に、なんの不戦決議か。「同じことをくり返しません」とはどういうことか。世間の不在証明とは、そのことである。そして「あんな事件がなぜ起こったのでしょう」と素知らぬ顔で質問する。私は三島に味方しているのである。

表現としての身体

表現と身体

身体に目を据えて、文学表現を追う。これはほとんど無限に続く作業である。私自身は勝手に自分の思いを通じてこの作業を続けてきたが、これ以上の探求をしようと思うならば、次の段階では文学の古典に至らざるを得ない。実際にもそうしようと思っているのだが、なにしろ「勉強」をしなければならないから、ここでそれを続けることは当面不可能である。ともあれそのためにも、現代文学についての作業はとりあえずここまでとして、一つのまとめを書き置きたいと思う。

あるいは当然の結論であるのかもしれないのだが、これまでの作業を通じて、身体とことばを連結するのは、すなわち「表現」だということに思い至るのである。それを端的にいえば「受け手の解釈」である。だからこの「表現」ということばには、いささかの注釈が必要であろう。「表現主義」という成語には、表現されるべきものが制作者の側にあらかじめあって、それが作品として成立するという意味が含まれている。ことばはその意味で典型的な表現である。しかし、ここで言おうとする「表現」とは、「表現として受け取られるもの」をむしろ指している。その意味では、身体自身もまた表現に他ならない。作品でないものに対する、こうした「表現」という概念の拡張は、かならずしも正しくないであろう。しかし、それにしても適切な「表現」が見つからないのである。シニフィアンと呼んだらどうか。それでもいいかもしれない。しかしそれだと、記号論的な意味合いが強すぎる。身体という一種の「実体」とかけ離れてしまう印象がある。

ことばなら表現だが、身体なら表情だ。そういう意見もあろう。しかし、身体が表現するものを表情としてみることは、すでにことばと身体を切り離すことである。私はそうしたくない。問題はことばと身体を切り離すに至る、その前提だからである。そこを論じるためには、ことばと表情の両者を含む用語を探さなければならない。絵画に表されるものもまた、表情であり、表現であるとすれば、ここでは「表現」ということばを、全体を覆《おお》うものとして利用してもやむを得ないであろう。

そこで身体を表現だといえば、身体が元来自然の産物であることが邪魔になる。身体は表現として「受け取られる」にしても、「作品」ではないからである。作品はもちろん人工産物である。ここで取り扱ってきたのは文学「作品」で、それは本来の意味での表現だから、たとえ身体を扱っても、その身体はあくまでも文学のなかの、ことばとしての身体だった。しかし、身体そのものを指して直接に作品だというなら、ただちに異議が生じるはずである。そうかといって、身体が作品だという意味の俗諺《ぞくげん》はいくつもある。「四十を過ぎたら顔に責任を持て」などという。つまり顔は当人の人生の表現なのである。

それだけではない。たとえば奇形の身体を考えてみよう。これには複雑な問題がある。多くの人はその議論自体をいやがるであろう。これがしかし、右の意味での「表現」として、社会的に受け取られる面を持っていることは間違いないはずである。したがってその結果、ハンセン氏病の患者が平成八年三月三十一日まで「らい予防法」で統制され、さまざまな先天異常が、社会的にはしばしば「存在しない」と見なされることになる。さらにはそれが、死体の社会的隔離の問題にまで至ることはいうまでもあるまい。身体はその意味では「表現」そのものなのである。むしろ身体こそが、表現の根源に位置するのではなかろうか。私はじつにそこを疑う。ゆえに社会的な禁忌は、社会による身体の解釈に従って、身体の在り方を規定する。そこに文学に現れる身体像を追求する、私なりの動機があった。それは陰画として、当の社会自身を浮き彫りにするはずだったのである。

身体が文学のなかで表現されるときに、ある明白な枠が与えられている。この問題は、ポルノグラフィーの場合に明示されている。ある表現はどうしても許容されない。では奇形の身体が実質的に許容されないことと、奇形ではないにもかかわらず特定の身体ないし身体的行為が表現を禁止されることに、どのような関係があるのか。身体自身と「身体を表現すること」は、たしかに同じではない。前者は自然で、後者は人工である。自然としての奇形は、文学で描くことを禁止されていない。現実にはしかし、その身体という表現自体、奇形そのものが、社会においては実質的に禁止されているというしかない。さらに性行為は実際的には禁止されていない。しかし、表現としては強く禁止されている。

このように考えてみると、そこにははなはだ面倒な、なかなか整理しづらい、社会的問題が伏在しているとわかる。ここで「身体の文学史」と名付けた理由は、そのあたりにある。身体という表現を、日本文学はいかに取り扱ってきたか。その問題意識自体が欠けていたと思われる以上、文学のなかでの身体の扱いは、これまでいわばナイーブであり、身体に関する社会的規制がそこには素直に示されているはずだ。私ははじめそう思ったのである。芥川龍之介について論じたあたりでは、実際にもそう考えてよかったと思う。そこからしだいに主題は三島に向かう予定だった。それがこの『身体の文学史』のなかで、三島を最後においた理由である。ところがうかつな話だが、その三島に至って、表現としての身体と、文学のなかでの身体の表現とがいわば一致し、現実化してしまっていることに気づく。そんなことははじめからわかっていたことだといわれそうだが、それでもやはり驚くのである。やはりこれは、なんとも興味深いできごとなのではないか。

もちろんこうした問題に、特定の正解などないであろう。解析は依然として続かざるを得ない。それにしても、現代社会がヴァーチュアル・リアリティーを追求し、マルチメディア化していくとすれば、身体の問題はさらに鋭く社会に浮上せざるを得ないであろう。そうした社会がいかに進展しても、人間は自己の身体を抜け出すことはできないからである。それなら状況が脳化すればするほど、身体への「期待」は大きくならざるを得ない。さらにその身体自体をすら、なんとかモデル化しようというのが、現代の医学・生物学の試みであり方向である。そこでは身体自身がヴァーチュアル・リアル化する。MRやCTに示されるわれわれの身体の画像は、じつは画像ではない。計算機のなかの数字の配列なのである。しかしわれわれは、よく考えないでだまされているのだとしても、それをすでに「身体」だと見なしている。それが間違っているとか、もう一度後ろを向けとか、いっても仕方がない。行くべき方向に、社会はどのみち行くのである。それならわれわれがなすべきことは、そうしたヴァーチュアルな方向に対して、自己の身体性をさまざまな意味で強めることであろう。意識下であれ、それが強く感じられるからこそ、いまは身体論の時代なのだと思う。ここでも相変わらず、三島はそれを予言した。それが三島という存在の驚くべき点である。不本意ながらというべきかもしれないが、それは認めざるを得ないと私は思う。「強いられた身体の時代」、その方向への転換点に位置するものが、三島の『太陽と鐵《てつ》』なのである。

『太陽と鐵』再論

『太陽と鐵』はじつにわかりにくい文章である。私はこれを完全には理解していない。おそらくその必要もないのだと思う。三島がそもそも理解されたいと思って書いていないと思われるからである。それは別に内容が高級であるという意味でもない。この文章は、良かれ悪《あ》しかれ、三島個人なのである。それ以上でも、それ以下でもない。しかも多くの文章が死という主題にさかれており、全体が身体を論じているわけでもない。それでも右のような「社会的」視点をとると、文学史のなかでは、この文章はやはりある大きな位置を占めるというべきであろう。すでに述べたように『太陽と鐵』自体については、毀誉褒貶《きよほうへん》というより、毀貶ばかりが著しい。それは身体を含め、この作品の主題を素直に個人という視点から捉《とら》えた論評ばかりだからである。乱暴な言い方に聞こえるかもしれないが、前章で「詐欺師《さぎし》三島」について述べたように、三島自体が個人というより社会現象なのである。その生がそうであり、その死がそうであった。かれが予言者に擬せられるのは、その社会現象性のためであろう。もし『太陽と鐵』を個人の作品としてではなく、当時の社会現象として捉えるならば、その出現自体がいわば著しい先見性を持っていたことになる。それ以降、現在まで、夥《おびただ》しい数の「身体論」が書かれ、書かれつつある。三島はそのすべてを先取りし、それらの身体論を自ら体現してしまったかのように見える。

石原慎太郎氏と野坂昭如氏による対談「三島由紀夫の栄光と挫折《ざせつ》」（「すばる」平成七年十二月号）は、現在という時点での、このご両人の三島への思いと評価を語って余すところがない。このなかで野坂氏は、三島の肉体は「単なる衣装」だという。そして石原氏を相手に続ける。

「例えばあなたと三島さんとが肉体の話をしているときに、洋服を着ていたらわからないから裸になろうと言ったというエピソードね。そのときに、たしかあなたが『ドカ筋』という言葉を使ったと思う。ドカ筋と言われたときに、おそらく三島さんはえらいショックを受けたと思います。本来のスポーツのための筋肉というのは、労働のそれではない。しなやかさに欠ける。

三島さんについて、その肉体を論じれば、すべてこれでくくり得る。なにもかも、その肉体にかこつけることができる。ボディービルの前と後に分けて。彼は首と脚が細かった、これも象徴的です。彼の首が床の上に鎮座ましましている写真を眼にして、首人間、一種のフリークを思った。首だけ、つまり頭だけで生きている。」

ここに思わず知らず出ているのが、先に述べた「表現としての身体」である。それを野坂氏は「衣装」という。野坂氏のいうとおりであるとしても、まさにそうであるがゆえに、三島は表現としての身体をみごとに「ものにした」わけである。私もまた、ペンフィールドのホムンクルスという形で、三島の首をイメージした。それなら、考えようによっては、三島は自己の身体まで動員して、自己の「表現」を貫徹したわけではないか。その意味での「表現」ではなく、作家に内在するもののみが表現として外部に現れるという意味での「表現主義」をとるならば、三島の内部でものごとがどのように進行したか、それをさまざまにいうことはできる。同じ対談での例を引こう。石原氏はいう。

「あの人は、結局、肝心の自分がわからなかったんじゃないかな。あんまり頭がくるくる回るからね。」

「三島さんはやっぱり荒廃していたねえ。やっぱり肉体のせいでしょうね。」

「ただ、ボディービルだけをやっていれば、あの人、もっとすごい様式的な、アーティフィシャルな作家でいられただろうけど、剣道をやったのは完全にミスマッチだった。結局自分の手にした剣に逆に切られたんだ。三島さんにとってのボディービルと剣道というのはともに極めて象徴的なんだよ。ボディービルは肉体の術としてはただアーティフィシャル。剣道は肉体のジェニュインな閃《ひら》めきがなくてはものにならない。つまり、虚構と生な真実とのコントラストだろ。それを二つ合わせ持とうとしても無理な話だろ。

彼の文学も同じ要素に二つに引き裂かれたといえるんじゃないかね。」

これらの発言がいずれも、個人としての三島について言及していることは明らかであろう。だから三島はこうなった、と。それがここでいう表現主義である。しかし三島の事件は、完全に「個人的」なものであろうか。もちろん私はそうは思っていない。もしそうなら三島を論じる必要などない。それはまさに三島個人の問題だからである。個人的に知り合いだった石原、野坂の両氏はともかく、私になど、なんの関係もないではないか。

同じように、ボディービルについて野坂氏はいう。

「僕に言っていた。これは地獄だって。いったんあれを始めたらやめられない。やめるといいところの肉が落ちて、余計な肉だけ残る、とんでもない体形になるんだそうです。そのことを彼は知った。鮫《さめ》は泳ぎ続けなきゃ死ぬ、輪をまわし続ける二十日ネズミ、これを六十までやると思うと、ぞっとすると。いちおう筋肉の高度成長の時はいいけど、いつかバブルははじける。僕が、三島さんがああいう最後を遂げたときに、逃げたと言われたけれども、一切インタビューに応じなかった、なにしろ切腹です。こういう死についてのおくやみを、ぼくは教わってない。ただ、ふと思いついたのは、ボディービルにくたびれて死んだんじゃないか……。」

もちろんこの発言の後半は、冗談である。もとの文には「(笑)」という注釈が数ヵ所入っていたが、不必要と考えて省略した。ともあれここにも個人的動機の追求という面が明瞭《めいりょう》に出ていることに気づかれるであろう。またもや「表現主義」である。さらに野坂氏は、右のなかでも、対談全体としても、三島事件の社会性に明らかに気づいておられる。それは右の引用の後段でも明白であろう。野坂氏は三島の事件を社会的に「扱いたくない」のである。それはそれでよい。日本では文学は個人的作業と見られるからである。しかし、他方では問題は作品であって、作者はそれに無関係に近いという見方もできる。後者の見方をとれば、三島の内部がどうであれ、「客観的」には三島は表現としての身体を徹底的に追求し、しまいに「生首」になった。身体について、表現をそこまで追求しえた者が、ほかにあったか。文学はことばであり、それ以外のものではない。そう信じるのは、それで結構である。しかし文学を追求したあげくの果てに、それが「表現としての身体」に転化したとき、それを「個人的動機として理解できる」、できない」として済ませられるか。個人的動機として変だから、それは文学ではないといえるのであろうか。文学はどのようにして「発展」するのか。そのときどきの文学の限界を、だれがどのように超えるのか。個人的動機の追求は、評者があいつは自分と違うということを、単にくり返し述べているだけのことではないのか。そもそも「文学」とはなにか。

そう考えたとき、『太陽と鐵』における三島の述懐は、べつな姿を顕《あらわ》してくる。たしかに三島は真面目《まじめ》に文学を、ことばを追ったのである。

「筋肉は私にとってもっとも望ましい一つの特性、言葉の作用と全く相反した一つの作用を持つてゐた。それは言葉の起源について考へてみればよくわかることである。言葉ははじめ、普遍的な、感情と意志の流通手段として、あたかも石の貨幣のやうに、一民族の間にゆきわたる。それが手垢《てあか》に汚れぬうちは、みんなの共有物であり、従つて又、それは共通の感情をしか表現することができない。しかし次第に言葉の私有と、個別化と、それを使ふ人間のほんのわづかな恣意《しい》とがはじまると、そこに言語の芸術化がはじまるのである。まづ私の個性をとらへ、私を個別性の中へ閉ぢ込めようと、羽虫の群のやうに襲ひかかつてきたのはこの種の言葉だつた。しかし、襲はれた私は全身を蝕《むしば》まれながらも、敵の武器でもあり弱点でもある普遍性を逆用して、自分の個性の言葉による普遍化に、多少の成功を納めたのであつた。

その成功は、だが、『私は皆とはちがふ』といふ成功であり、本質的に、言葉の起源と発祥に背いてゐる。言語芸術の栄光ほど異様なものはない。それは一見普遍化を目ざしながら、実は、言葉の持つもつとも本源的な機能を、すなはちその普遍妥当性を、いかに精妙に裏切るか、といふところにかかつてゐる。文学における文体の勝利とは、そのやうなものを意味してゐるのである。古代の叙事詩の如《ごと》き綜合《そうがふ》的な作品は別として、かりにも作者の名の冠せられた文学作品は、一つの美しい『言語の変質』なのであつた。」

なんとも苦しげな理屈だが、いいたいことは素直に伝わってくる。ここではほとんど三島はことばを放棄しようとしている。なんだ、そんなもの。三島の方向は正しかった。ことばは所詮《しょせん》は「普遍妥当」なのである。それなら俺はどこにいるのだ。代わりに求められたものは、しかし、箸《はし》にも棒にもかからない本人の肉体だった。

石原慎太郎氏は『太陽と鐵』を、それを書いた時期以降の三島を、酷評する。

「死ぬ気になって戦うというのと、三島氏のように自分で死んでしまうというのは決定的に違うことである。」

「ようするに『太陽と鐵』は真摯《しんし》な自己告白のように見えても実は氏自身への粉飾でしかなく、本質的に嘘《うそ》であり、間違いであり、氏にはあんなことを言い切る資格はその肉体の能力の故《ゆえ》にありはしない。それを立証する氏に関する傍証は無数にあろうが、それを否定する証拠や事実はどこにもありはしまい。あるのは氏自身の華麗で空《むな》しい弁論だけだろう。

氏はあの手のこんだ自殺のためにこれを書いたのではなく、こんなものを書かなくてはならなかったが故に自殺したのである。」

三島、石原、野坂氏の時代は、良かれ悪しかれ、表現主義の時代であった。それは私小説時代の名残りを強く引いていた。三島だけがおそらく違ったが、早すぎたのである。

三島の表現は、その根拠を三島の内部にだけ求められるべきものではない。

型と身体

佐々木健一氏の『美学辞典』（東京大学出版会）は、作品の定義を次のようにいう。

「広義には作られたと見られるもの全般を指し、狭義には人の作るもののうち、特に独自の精神的な内部をもち、その内部を創造的に開示することを目的とするものをいう。」

「作品に特有のこの精神性は、当然のこととして、作品をその作者に結びつける。第一義的に製品が用途に結びつけられるのに対して、作品がその由来である創造主体と結びつけられるのは、その目的とする役割が、その内なる精神的世界の開示にあるからである。ところが作品は同時に、作者から独立したものになろうとする本質的な傾向をはらんでいる。その理由は、作品に固有の創造性にある。すなわち、作品の精神的世界は、会話のなかの発言のような作者の心の内を語る主観的メッセージではなく、作品に固有の世界である。この世界は、単に伝達されるのではなく、受け手の能動的な解釈を俟《ま》って立ち現れてくる。作品の創造性とは、作者の意図を超えてよりよい解釈を要求する点にある。」

「芸術作品は、作者によって完成されたあとも、常によりよい解釈を求めつづけることによって、その世界を更新し、いわば創造しつづけるのである。」

ごく穏当な定義であろう。この定義のなかには、作品の解釈による世界の創造がある。身体が文学になり、その文学が文学史になる。したがって「身体の文学史」のなかの身体は、メタ身体のメタ身体である。だからメタメタだというのは駄洒落《だじゃれ》だが、実際の身体、その身体の文学的表現、それが行き着いた先としての三島の身体、その身体自身による最後の表現、それらを解釈する枠組みを、われわれはあらためて創《つく》り出さねばならないのであろう。従来の三島論は、三島のなかに入り込み、そこに「荒廃」を見いだすのみであった。それは表現主義の欠陥というしかない。それはとりあえずの方向を間違った。ないところにものを探しても、どうにもならないではないか。それとは逆の試みを挙げるなら、たとえば松山巖《いわお》氏の『都市という廃墟《はいきよ》』(新潮社)であろう。ここではやはり三島が予言者として登場する。松山氏は三島の内面を一切問わない。しかしこの書物に取りあげられる、現代日本における現実の廃墟のすべては、いずれも三島によって予言された相貌《そうぼう》を現している。松山氏はそれを明示する。三島自身のなかに、そのような内容を探そうとしても、なにも見つからない。「この世界は、単に伝達されるのではなく、受け手の能動的な解釈を俟って立ち現れてくる」からである。もし三島を文学者として捉えるなら、三島の生首ですら、表現以外のものとして捉えるべきではない。石原、野坂両氏の評論もまた、その意味では、三島の「表現としての身体」に触発されたものではないか。すべての表現の根源には、身体がある。三島は素直に全身でそれを表現しただけであろう。ことばについては、三島がいうとおりである。「言語芸術の栄光ほど異様なものはない。それは一見普遍化を目ざしながら、実は、言葉の持つもつとも本源的な機能を、すなはちその普遍妥当性を、いかに精妙に裏切るか、といふところにかかつてゐる」のである。身体は、意識的には、そこに含まれていない。しかしもちろん、身体は文体のなかに、密《ひそ》かに立ち現れている。そもそも文「体」ということばのなかに、それ自身が出現しているではないか。

『太陽と鐵《てつ》』を書いたとき、三島もまた、密かに現れる身体に敏感になっていたと思われる。解釈に難渋し、ほとんど韜晦《とうかい》と見なすしかない、この文章のはじめのほうに、三島は書く。

「私が『私』といふとき、それは厳密に私に帰属するやうな『私』ではなく、私から発せられた言葉のすべてが私の内面に還流するわけではなく、そこになにがしか、帰属したり還流したりすることのない残滓《ざんし》があつて、それをこそ、私は『私』と呼ぶであらう。そのやうな『私』とは何かと考へるうちに、私はその『私』が、実に私の占める肉体の領域に、ぴつたり符合してゐることを認めざるをえなかつた。私は『肉体』の言葉を探してゐたのである。」

自分でもいうように、三島は人生にことばから入った。だからかれは、本人もいうように、後から肉体を発見する。したがって、ことばの世界を通して、三島には「残滓」

と見えたものが、じつは全体を支える実体が、ことばの隙間《すきま》から、かいま見えたものだったのではなかろうか。それをかれは残滓であり、また現実の肉体のすべてだと錯覚する。三島の現実の肉体は貧弱だった。だからこそかれは、その「残滓」を自分の肉体だと思い、自分の肉体を「残滓」ていどのものだと思ったのであろう。だからボディービルになるのだが、まさにそれは余計なことだった。身体は残滓などではなく、自己そのものであり、そんなことはそもそもわかりきったことである。それを錯覚させ、自己とは私小説を「書いている私」だと思わせたのは、すでに述べたように、明治以来の混乱が大正時代についに帰結することになった自我の変換である。その自我を、身体を含めて、違ったように意識させることができたはずの「日本の伝統」は、軍という閉鎖社会に閉じ込められ、その軍が壊滅した以上、戦後はほとんど消されてしまうほかはなかった。『太陽と鐵』の最後の部分が『F104』と題されており、自衛隊機への搭乗体験記であるのは、きわめて象徴的である。まさに唐木順三が『型の喪失』で述べたように、滔々《とうとう》たる西欧化の流れのなかで、「唯一《ゆいいつ》、型を残した」軍がすべてを引きずって破滅する。三島個人の人生もまた、ほとんど似たような経過を辿《たど》ろうとしたのは、決して偶然ではない。その意味からすれば、三島「事件」はすでに起こったときから陳腐な事件だったのである。いわんやオウム真理教事件においてをや。

それでは「型」とはなにか。まさに「表現としての身体」であろう。表現としての身体を、ことばの高みまで上昇させようとしたもの、それが型であった。話は飛ぶようだが、西郷隆盛と勝海舟は、薩摩《さつま》弁と江戸弁で、いったいなにを話し合ったのであろうか。そこに会話があったかどうか、私はそれをかなり疑う。少なくとも、現代のわれわれが考える会話ではなかろう。なによりそれは、ほとんど以心伝心だったはずである。それを可能にしたものが型であろう。ボディービルでそんな型がつくわけがない。それではほとんど漫画になってしまう。しかしそれでも三島は一生懸命だったはずである。だからこれは悲劇なのである。三島は日本の伝統をいい、身体を鍛錬する。そのどこにも、個人的に誤りはない。しかし型は社会的なものであり、それを支えるものは日常の所作である。そんなものが『悪漢の住んでいた家』（松山巌、「新潮」八八年一月号）に、もはや存在するわけがない。この家は「コピーのコピー」だと松山氏は書く。「この小説家の家は何よりも応接を主としている。前庭はいつでもパーティの場に変り、応接室は十数人の客をもてなすことができる。ニセの煖炉《だんろ》や家具も人を驚かすために集められた品物である。そうでなければわざわざコピーを選びはしまい。」型の喪失は、失われた日常生活の単なる帰結である。「コピー」と「パーティ」、われわれはそれに相当する日本語のことばすら、すでに所持していない。もっともな顔をしながら、それで生きながらえているのと、生首と、果たしてどちらがまともなのであろうか。

明治の人たちは、和魂洋才というほどに、破壊されるはずのないなにかを信じていた。

その一つが、おそらくは型であったと思われる。かれらはすべてを政治制度、社会制度だと信じた。それらはいずれも意識化され得るものだからである。意識的なものを破壊したところで、意識的に修復可能なはずである。こうして徹底的にやってみたところが、妙なものが壊れてしまったことを発見する。妙なもののほうは、そもそもが無意識だから、それをどうしていいかわからなくて当然であろう。それを議論することすら、むずかしいからである。無意識をいったいどうやって議論したらいいのか。そのうちに変化はどんどん進行してしまった。そうなれば、要は徹底的に保守化するしかない。なんだかわからないが、それらしいものを守れ。おそらく気分はそうなっているのだと思う。ほとんどは無意識だとしても、身体はそれでもマシなほうである。なぜならそれはともかく可視の存在だからである。ゆえに表現となりうるからである。本人の内部でなにが起こっていようと、表現は表現である。三島の内部が荒廃していようと、生首は生首である。この世界のどこに、普遍かつ不変の軸を置けばよろしいか。それなら身体であろう。それしかないのである。だからこそ、すべての表現の根源に身体があると述べた。唯一絶対神のいないこの社会で、われわれの先輩はだから型を重視したのであろう。その身体がグニャグニャでは、モノサシとして機能しようがない。身体のその機能をことばで補うこと、三島はそれが不可能であることを、身をもって証明して見せたのではないか。ことばのあの天才にして、ことばは身体を置き換ええないのだ、と。これもわかりきったことだが、おそらくわかりきっていないらしい。もちろん身体は意識ではないからである。意識はいつでも、自分がすべてであることを主張する。身体はそれを裏切る。だから身体に対する社会的な規制なのであろう。

表現としての身体は、もはやできるかぎり意識化されるほかはない。私はそう思っている。ある文化とは、身体表現と言語表現によって成り立つものの総体であろう。ただし音楽と絵画は、脳からいえば言語と同等の高さにあるから、それらは言語に含めての話である。明治以降、われわれは身体表現を消し、言語表現を肥大させてきた。それに対して、三島は身体表現へ向かう時代の必然性を、自己の内に体現していた。なぜなら両者は、どうしても相《あ》伴うしかないからである。そう思えば三島は戦後の日本文化そのものであり、三島を悪し様に言おうが、称揚しようが、それは自己言及に過ぎないのである。

表現とはなにか――あと書きにかえて

世界は表現だといっていい。われわれはその世界を読み取る。表現とは、相手にその意図があろうとなかろうと、受け取る側からすれば、知覚系から脳への入力なのである。脳はその入力を処理し、最終的にはことばや行動として出力する。その意味で、脳は入出力装置である。

入力は、意識に拾われることもあるし、拾われないこともある。ともあれ言葉は意識にほぼ等置されるから、読者からすれば、文学はほとんど意識に拾われる。人によっては、文学はまったく意識的なものだと信じているかもしれない。しかし、それが無意識に影響しないわけではない。たとえばわれわれは、文字を「見た」という「意識」はなくとも、すでにその文字を「読んで」いる。文字自体にすでにさまざまな連想が伴ってしまうことは、筒井康隆がハナモゲラ語でポルノを書いたことでも明瞭《めいりよう》に理解される。これはまったく意味をなさない語の連続なのだが、字面《じづら》だけから、間違いなくポルノだとわかるのである。われわれが見たとも思わないのに、すでに「読んでいる」という事実は、サブリミナルな作業として、実験的に証明されている。常識家はそれを信じないであろう。なぜなら日常の意識はそれを否定するからである。そうした即断に、現代のわれわれが意識にいかに強く依存しているかが、むしろ明瞭に表れている。

入出力系としての脳に、表現はいかに影響を与えるか。受け取る側を見ていると、一つは言語によって、もう一つは行動によって、その影響が確認される。言葉も行動も、客観的に測定可能な出力である。ただしこの場合、その本人が発する言語と、本人の行動は、内容がしばしば食い違う。言語的に本人はこうだと述べたとしても、その行動は違っている。そういうことが多い。ある表現に対して、本人の「いうこと」と「すること」は食い違う。これは儒学ではむしろ周知の事実であろう。たとえ本人の意識が、誠心誠意こうだと述べていたにしても、行動はそれに矛盾してよい。不言実行ということばや、陽明学の類《たぐい》は、その食い違いを消そうとしたところに、生じたに違いない。現代の心理学が教えるように、意識は無意識を誤解するのが普通なのである。東洋ではその食い違いを知行合一として乗り越えようとし、西洋では客観的吟味によってそれを克服しようとする。ここにはすでに三島問題が見え隠れしていることに気づかれるであろう。三島は意識から無意識へ、言語から身体へ向かったのである。

世界という広義の表現のなかでは、おそらく文学がもっとも狭義の表現である。なぜならそれは、ほとんど覚醒《かくせい》時の意識と等置される「言葉」によって表現されるからである。そこでは表現の意図と、表現自体が、ほぼ一致する。一致しなければ、それは出来の悪い文学だというだけのことである。すなわち文学の創作は、入出力の両者において、意識なのである。その意味では、もちろん文学は無意識を意識が掘り下げるものである。その文学に、身体という無意識がどのように現れるか。それが本書の主題だった。その掘り下げは、かならずしも通常考えられるような個人の内部に向かってではない。むしろ社会的なものとなる。ここで取りあげた論考の多くが、社会における身体をめぐっていたことに、すでにお気づきであろう。

それはそれで当然なのである。文学が個人における心と身体だけを扱うと考えるのは、文学がきわめて個人的な営為だという、ある種の偏見のためであろう。そうではなくて、文学は一面では典型的な社会的営為である。それをきわめて個人的なものに見なそうとしたのが、大正期以来の私小説の伝統である。なぜそうなったかは、すでに十分に解説したと思う。しかも社会、文化とは、典型的な意識の産物なのである。文学がそこに深く関係していっこうにおかしくない。

意識が表現を創《つく》り出すについては、重要な理由がある。それは、意識がごくはかないものだからなのである。それはすみやかに消えてしまう。そのはかない意識を保存するものは、むしろそれが外部に創り出す表現である。われわれは意識の世界をしばしばすべてだと錯覚する。意識はもともとそういう性質を持っている。文学ほどその誤解を与えやすいものはない。文学を生み出すのは、もっぱら意識だと思われるからである。創作の瞬間には、文学はたしかに意識であろう。その意識はしかし、戻ってくるとは限らない。それがただちに表現として定着しない限り、である。そこに表現の重大な意味がある。

須臾《しゅゆ》にして消え去る意識が、たとえば文学、絵画、音楽を生み出す。これらは左右の差こそあれ、主として大脳新皮質の機能である。それればかりではない。法律も、制度も、都市も、すべては意識の表現である。こうして意識は、自分自身を外部に定着させる。意識のそうした定着手段、それはかならずしもたがいに排除するものではない。ただし、たとえば都市と文字はなぜか矛盾するらしい。秦の始皇帝は万里の長城を築くが、焚書《ふんしょ》坑儒《こうじゅ》を同時に行う。立派な建造物は必要だが、本はいらないというのである。始皇帝陵の発掘で知られる驚くべき規模の遺跡は、建築型の意識の定着法と、文字型の意識の定着法とが、たがいに抗争することを示すように思われる。西方では、エジプト人のピラミッドと、ユダヤ人の旧約聖書の差を思えばいいであろう。どちらを採るか、そこにはおそらく無意識が関与しているに違いない。

こうしてさまざまな表現に定着した意識、それが文化とか伝統と呼ばれるものを創り出す。意識はそれを繰り返し入力し、その内部で繰り返し吟味する。その結果がさらに表現として定着され、脳の入出力はループを描く。こうして文化はしだいに膨大化する。

その意識のもっとも純粋な表現、それが言葉であり、言葉による文学であろう。それがもっとも純粋であるために、文字は表現としての建造物をやがて駆逐する。しかし同時にそれは、自身の持つ固有の自然、言葉自身を生み出したもの、すなわち身体と抗争するに至るのである。

困ったことに、意識のみならず、身体もまた、表現の創作に参加してしまう。人は身体から逃れることはできないからである。まずそこに「表現としての身体」が、社会的に規制される意味が生じる。文明社会はまさに意識の産物だからである。ルネッサンスは古代の裸体彫刻を復元する。しかし、ギリシャ人は裸で暮らすことがあったが、ルネッサンス人は着衣である。着衣の人たちのただ中に立つ裸体彫刻とは、いったいなにものか。ルネッサンスに復興された文芸はコピーであって、オリジナルではない。ルネッサンスは古代に比較して、より「意識的」なのである。それが歴史の「進歩」であろう。だからこそルネッサンスは、近代化のシンボルだった。いまではコピー機は、個人の手に入る。新皮質のもっとも得意とする作業はアナロジー、すなわち形のコピーである。コピーとはむしろ形を写すことをいう。コピーされるものは常に形だからである。

表現としての身体は、まず服装に表れる。それはまさしく形であろう。服装がすべての「文化」に存在するわけでないことは、だれでも知っている。さらに身体の手入れ、とくに女性が好む類のものは、典型的に文化的な営為である。それが「なんのためか」、現代社会ではその理由すら、すでに不明になっている。とくに男はまったくの誤解をするのが通例である。女の化粧は男を惹《ひ》きつけるためだ、と。女性はその本来から、男性に比較して、やむを得ない身体性をより強く帯びてしまう。だから身体そのものに「手入れ」し、自然の身体性を中和する。社会によってはそれは、纏足《てんそく》という極端にまで至る。

日本文化の典型の一つである「手入れ」とは、自然に対して、ある偏向を加えることをいう。それは現代の都市文明で優越するような、完全な合目的行動ではない。つまり「ああすれば、こうなる」というものではない。にもかかわらずわれわれは自然に対して「手を入れる」のである。そこには、意識と対立するものとしての自然がまだ存在している。独立した自然という存在には、「手を入れる」しかないではないか。どうせ思うとおりになりはしないのである。だから現在では、「手入れ」は死語になりつつある。自然の実在がほとんど失われたからである。すべてはほとんど意識の世界となった。

どのような文化も、自然としての身体をいかに「意識化」するか、それに困惑する。われわれの文化もその例外ではない。先人はそこに多くの知恵を発揮した。それが身体の所作における「型」の成立であろう。型はいまでは比喩《ひゆ》的な意味でしか、ほとんど理解されない。それは本来、身体の所作であり、動きであって、「型どおり」「型のごとく」ではない。そうした所作は、その場における表現として受け取られ、言葉を支えた。

その型が失われたところから、すでに論じたように、いわゆる「軍国主義」が生じ、三島が生じ、ひいてはオウム事件となったと思われる。それでもなお、身体を対象として思考する人は少ない。なぜなら、身体は意識ではないからである。意識でないものを、意識はどう「考えれば」いいのか。それが三島と陽明学の関連を生み出したに違いない。

失われた型を嘆いても、仕方がないであろう。われわれがあらためて創り出さねばならない表現は、おそらく身体の表現である。その鏡として、文学がある。ただし私の身体表現の探求は、まだ右往左往に止《とど》まっている。おそらく現代文学自体も、その点では、右往左往しているのであろう。平成八年の暮れには、たまたまNHKホールで、紅白歌合戦を見る機会があった。ほとんどの歌に、さまざまな所作が付されている。若い歌手たちのそうした所作が、アメリカ由来であろうということが、とくに目についた。所作とことばは相伴う。それなら歌詞が日本語とも外国語ともつかないことは、当然の結果であろう。われわれは日常生活をいわばバラバラに壊してしまい、そこからどうにも「型」を立ち上げることができないでいるのである。

文化的表現は、おそらく二つの軸に支えられている。一つは言葉であり、もう一つは身体である。三島の芝居は、台詞《せりふ》の芝居だと述べた。その芝居が身振りを欠いているのは、なんとも象徴的である。フランスの古典劇は、正統的な語り言葉を支える。言葉と身体は平行して動くのであって、われわれの「文化」のなかで両者が徹底的に乖離《かいり》した結果が、三島事件なのである。心身ともに健康というのは、なにも個人の内部に限ったことではない。社会は意識すなわち心であり、個人は身体だからである。小林秀雄は色紙に揮毫《きごう》を求められると、「頭寒足熱」と書いたそうである。冗談半分とはいえ、いかにもという感がある。そこまで下りなければ、脳と身体について、いうべき言葉が見つからない。この挿話自身が、小林の置かれた時期の、日本の文化的状況をよく示している。

現代の日本で身体を賞揚することは、年配の人には嫌われるはずである。それはなんとなく軍隊を想起させるからである。さもなくば運動部か警察であろう。そうした存在が、江戸期までの文化を破壊したところに、むしろ発生したことに留意すべきであろう。こうした妙な型の名残りによって、われわれの文化では、身体はさらに縮小再生産されることになった。さらに戦後の急速な都市化が、それに拍車をかけた。都市とは、すでに述べたように、意識的表現だからである。われわれが単に「封建制」と呼んできたものの、それが支えてきた文化的事象は、決して小さくない。それがたとえば自己の問題と深く絡《から》んでいることは、縷々《るる》述べてきた。その根底にも、むろん身体表現の問題がある。

三島は書く。

「小ざかしくも次郎は『書く人』の立場に身を置いた。表現といふことは生に対する一つの特権であると共に生に於《お》ける一つの放棄に他ならぬこと、言葉をもつことは生に対する負目《ひけめ》のあらはれであり同時に生への復讐《ふくしゅう》でもありうること、肉体の美しさに対して精神の本質的な醜さは言葉の美のみがこれを償ひうること、言葉は精神の肉体への郷愁であること、肉体の美のうつろひやすさにいつか言葉の美の永遠性が打ち克《か》たうとする欲望こそ表現の欲望であること』。

肉体は個人だが、言葉は個人ではない。だから肉体はうつろい、表現は残る。ここではまだ三島は、それを混同するか、すり替えている。三島自身が『太陽と鐵《てつ》』で後に述べているように、言葉の普遍妥当性をいかに精妙に裏切るか、それが個の言葉なのである。三島はその言葉を捨て、身体表現そのものを追うことになった。個に属するものと、一般に属するもの、その峻別《しゅんべつ》がない伝統のなかに、日本語がある。われわれは「言葉にならないものは存在しない」と思っているわけではない。逆に西欧文化のなかでは、しばしばそう信じられている。意識である言葉と、個である身体とは、そこでは素直に分離されているのである。だから言葉にならないものは、存在しなくていい。それ以上は、まさに「話の通じようがない」からである。しかもそこでは、個の存在は当然の前提なのである。それがそのまま心身二元論を導くことは、理解しやすいであろう。他方「型」のなかでは、本来個である身体すら、表現として一般化される。過去の日本に「型」の重みが存在したことは、個の喪失に有利にはたらいたに違いない。面倒な話だが、われわれはそこを、いちいちこれから吟味しなければならないのであろう。ていねいに吟味してみれば、この種の個と一般のすり替えが、われわれの社会では日常的に行われていることに気づく。伝統は善悪双方向にはたらくのである。

蓮實《はすみ》重彦《しげひこ》は『表層批評宣言』の「あとがき」に書く。

「ここにおさめられた五つの文章は、いわば肉体的なエンターテイメントを目指しつつ、ここ五年ほどのあいだに書かれたものである。肉体というのは、いうまでもなく言葉の肉体であり、従って、ある種の生理的な反応を、運動の領域に惹起《じやつき》できればというのがこの書物の目指すところであったのかもしれない。嘘《うそ》か本当かは知るよしもないし、たぶん嘘だとは思うが、この書物の中にその名前が少なからずひかれている現代日本のもっともすぐれた小説家は、目次に蓮實重彦の名前が印刷されているのを見ると、その雑誌を即座にくず籠《かご》に放りこんでしまうという。たぶんに誇張されたものであろうこの挿話は、しかし、かりにそれが徹底した虚構であったにしても、たまたま目次を目にした場所がくず籠から遠かったりした場合、その小説家が、書斎の空間を横切って雑誌を投げとばすという、ピンチランナー目がけての牽制球《けんせいきゆう》を投げる投手のような仕草を想像させるという意味で、運動論的な感動を波及させてくれる。」

「この書物に含まれている幾人かの作家や批評家への批判は、もっぱら言葉の肉体的な運動の一つとして試みられたもので、いささかも『知』的であったり精神的であったりはしない。かりにそれがいささか暴力的な印象を与えるにしても、そこにはいかなる内的な屈折もないもっぱら表層的な運動が演じられているにすぎず、その責任は精神として背負いこまれるべきものではない。」

著者がせっかくシニカルに書いたものを、大真面目《おおまじめ》に扱っては礼を欠くかもしれない。しかしここには、表現と身体の関係が文字通りに言及されている。それは著者本人の運動であると同時に、表現の受け手の運動でもある。しかし、三島に起こったような破綻《はたん》は、ここでは起こりようもない。書き手は「いささかも『知』的であったり精神的であったりはしない」のだし、「それがいささか暴力的な印象を与えるにしても、そこにはいかなる内的な屈折もないもっぱら表層的な運動が演じられているにすぎ」ないからである。ここの表現自体を、三島事件のみごとなパロディーであると読むのは、はたして読み過ぎであろうか。

この『身体の文学史』での私の意図の一つは、三島事件とはなんだったのかを考えることだった。結論的にはそれは、まことに日本的な事件だったというほかはない。それを載せるべき文脈を、私は探し続けた。その結果はここまでに述べた通りである。「日本的事件」というとき、それは日本でしか起こらないできごとを指している。しかしそれは、その事件に普遍性が欠けているということを意味していない。むしろ私の努力は、それを普遍の文脈に載せることだったのである。日本文化という文脈には、唯一《ゆいいつ》絶対神という普遍はない。そこにあるのは、五体を備えたただの人である。脳と身体、その文脈に載せるとき、三島の事件はたちまち普遍性を帯びる。世界中のどこの民であろうと、五体を持たない人間はないからである。普遍とは、英語で書く作業でもなければ、数式によるまとめでもないであろう。どこの誰であれ、身体を持っている以上、当然わかるはずの話をすることなのである。

文化のすべてを表現と見なすことは、この書物を書いているあいだに、ひとりでに生じてきた考えである。それはわかりきったことかもしれないが、私にとってはそれなりの発見なのである。それをまとめる作業は、これから始めるほかはない。すべては表現であるからこそ、文学は社会と連結する。そうと知っていれば、なにもプロレタリア文学などというジャンルを置く必要はなかったのである。すでに述べたように、文学はもっとも純粋な意識的表現である。まとめてみればそれだけの話だが、その「それだけ」は、私にとって大きな意味を持っている。それは私自身が、なぜ畑違いの文学を追求するのかという疑問への、おのずからの解答になっているからである。

解説

多田富雄

人間はみな「心」と「身体」を持っている。いまさら心身二元論をするつもりはないが、私たちの世界は、主として心を中心にして作り上げられたものである。心だけが独り歩きして、世界を作り出し、動かしている。気づいてみたら身体の方はないがしろにされて、居場所がなくなってしまった。養老さんは、それを「脳化社会」と呼んでいる。

この本を読み進めるために、多少の誤解を恐れずに若干のキーワードを図式的に連ねてみると、「心」と「身体」はおよそ次のような関係になる。

身体	心(脳)
自然	人工
実在	型
中世	江戸
現実	仮想
アナログ	デジタル
…	…
etc	etc

「心」も「身体」も、文学の表現となり得るが、どのような表現をとったかは時代によって異なる。それを文学史の流れの上に眺め、しかも個々の作品の中に検証することによって、近代日本の文学を跡付けようとしたのである。ことに身体に眼を据えて近代文学の表現を追う。これが養老さんが意図したところであった。

脳は一般には心の座と考えられている。脳は知覚を通して情報を入力し、新しい情報を作り出して出力する。「心」も出力の一つの形である。

現代では社会も制度も、国家も都市も、脳が作り出したものばかりである。気がついてみたら、「自然」などというものは周囲になくなってしまった。広大な田園風景が広がっていても、それは人間の脳が、効率的な食糧生産をするためにデザインしたものに過ぎない。都市にいたっては、生身の人間が心地よく住むための自然界ではなくて、脳だけが満足している架空の空間になってしまった。人間はそれに馴《な》れてしまったが、時々身体の方が欲求不満を爆発させて反乱を起こす。

一方、もはや自然というアナログの世界に住むことができなくなった「心」は、都会をますますデジタル化して重層させることで生き延びるほかなくなっている。現代の芸術の多くもデジタル化の産物である。

でも、昔はそうではなかった。中世までの人間は、行動半径が百里ほどもないアナログの世界に住んでいた。すべての情報の入力は、身体を通したものであったし、出力もまた身体の運動以外に方法はなかった。生きることだけでなく死も、手で触れ、悲しみ、匂《にお》いを嗅《か》ぎ、そして腐敗してゆく様を眼で見て感得した。「九相詩絵巻」などは、そういう身体の認識をもとにして描かれたものである。「今昔物語」も「往生要集」も、生身で実感できる世界であった。形而上的《けいじじょう》なものを描いたとされる能の人物たちですら、身の周りに遍在していたものたちである。たとえば、能「実盛《さねもり》」のシテは、本当に斎藤別当実盛の幽霊が加賀国篠原《しのはら》の里に現れたから書かれたのである。

このように中世においては、文学や芸術もまた、「身体」が作り出し表現したものであった。「心―脳」などの手の届くところではなかった。断わっておくが、能を大成したといわれる世阿弥《ぜあみ》の伝書の中には、まだ「型」などという言葉はなかった。彼の伝書は徹底的な身体論なのである。

養老さんは、その「身体」が近世になって失われたことが、明治以降の文学の本質にどう関わっていったかを、小説のテキストの中に検証してゆく。近代文学がいかにして絵空ごとになっていったか、その中で「身体」がどのように回復されようとしてきたかを、少々性急なやり方で分析していった。それが養老さんの文学史の視点である。

養老さんによれば、身体が急速に喪失したのは江戸時代以降のことである。武士による支配体制が成立し身分制が確立されると、人間は生き物としての一個人ではなくなった。一つの体制内での社会的「要素」としての存在であることを強要された。

「身体」の赴くままに行動することのできない、記号的な存在になってしまった。江戸時代の人間を保証したのは、「型」であった。実体ではなくて「型」としての存在。「型」を持っているからこそ、社会的な役割を持っていると「見なさ」れる。「型」のない実体である「身体」は当然阻害される。

特定の職業、身分、行動様式という規範を持っていなければ、社会の構成員とは「見なさ」れない。その規範が、やがて道徳となり倫理観となった。江戸時代の人間の「個」は、実体というよりは、こうした「型」と「見なし」によって規定されたのだ。個人の身体的イメージはなかったのだ。そう思ってみれば、「仮名手本忠臣蔵」も「日本永代蔵」も、身体ではなくて「型」と「見なし」で作り上げられた人物の間の物語であることがよくわかる。そしてそれは、江戸時代の武士や町人の「道徳」の物語でもあった。

明治の文学は、その延長の上に始まったと養老さんは指摘する。漱石も鷗外も、必然的にこの影を引きずっている。近代的日本人の「個」の成立は、明らかに漱石のところまで遡《さかのぼ》らなければならない。漱石は、「型」の桎梏《しっこく》から脱却した近代的人間の拠《よ》り所として、「個」を発見しようとしたのである。しかし漱石の「個」は、本来的に「心」で規定される「個」であった。そこには、「個」のもう一つの側面である「身体」が抜け落ちていた。漱石は「こころ」を書いたが、「からだ」に戻って考えることはなかった。

同じことは鷗外についてもいえる。鷗外の小説における原始的身体感覚の欠如は、彼の作品に客観的論理性を与えはしたが、実在の重みを与えなかった。それは、彼の論考にも実在感がなかったことに通ずるという。

漱石が近代的人間を小説の上で表現しようとしたとき、当然その拠り所はもはや「型」ではなかったが、身体性を欠いた「心」の持つ「個」でしかなかった。だから彼は、「心」の世界に止まったのだと養老さんは指摘する。たとえ胃潰瘍《いかいよう》による吐血という身体の叛乱《はんらん》があったとしても、漱石は身体の方は消去してしまって、「則天去私」の世界へ飛び立ってしまったのだ。

こうしてスタートした明治の文学の中で「心」は次第に自己肥大を起こし、ますます社会的な現実の「個」を消し去ってしまう。それが明治以降の教養主義的道徳の規範につながっていった。その延長の上に、白樺《しらかば》派や自然主義を含む日本近代文学の歴史がある。

その流れに初めて異を唱えたのが、芥川龍之介である。芥川は、今昔物語に材を得て、初めて「心」に対抗できる「身体」からの表現を行なった。しかし彼は、それを「身体という自然」として定着させることなく、「心理という人工」に変換してしまった。芥川を触媒として、本来起こるべき文学は何であったのか、と養老文学史観は検証を進めてゆく。

その後繰り広げられた日本近代文学の流れの中で、「身体」がどのように扱われ、どのような表現を作り出していったかが、この本での養老さんの重要な論点である。ここで詳しく述べるつもりはないが、たとえば肉体労働者を主体者にしたプロレタリア文学の中でさえ、「個」の身体性は抑圧され、いびつになっていた。しかし、人工の介入を拒んだ農村や山奥を舞台にした深沢七郎やきだ・みのるの作品には身体の自然な復権が認められる。しかし戦場の体験を描いた大岡昇平の作品においては、身体のリアリティの復権は完全には果されていない。彼の中にあった「世間的」な規範が「身体」を見ることを避けさせたからである。戦争という限界状況下では、「心」はとうてい「身体」に敵し得なかったはずなのに。

養老さんの身体の文学史の俎上《そじょう》にはさらに志賀直哉、小林秀雄、山本七平、石原慎太郎などが現れるがここでは言及を避けよう。そして最後に戦後文学史の最大の事件、三島由紀夫の割腹自殺が登場するのだ。

芥川と同様に中世文学に造詣《ぞうけい》が深く、「近代能楽集」では、老いさらばえた美女「卒塔婆小町」を登場させた三島の中で、身体はどのような自己表現を持ったのか。そして、彼の最後の表現手段となった割腹と、残された生者が、文学史の上でどんな意味を持ったかという終末部に向かって、養老さんは「身体」を扱うプロ（解剖学者）の手さばきで切り裂いてゆく。

読者はこの本を読んで、日本の近代文学の歴史に、これまでとは全く別の視点で接することになると思われる。同時に、ここで扱われた文学作品と、時を同じくして起こった歴史的事件、帝国主義の台頭、戦争、部落問題、オウム事件などに対しても新しい眼で見ることができるようになるだろう。それらが、日本における「心」と「身体」のせめぎ合いの歴史の上に生じたことを知って、歴史を身体の側から眺める視点の重要性に気づくことであろう。

（二〇〇〇年十二月、東京大学名誉教授。免疫学者）

この作品は平成九年一月新潮社より刊行された。

身《しん》体《たい》の文《ぶん》学《がく》史《し》

新潮文庫　よ-24-1

平成十三年一月一日発行

著者　養《よう》老《ろう》孟《たけ》司《し》

発行者　佐藤隆信

発行所　株式会社　新潮社

郵便番号　一六二―八七一一
東京都新宿区矢来町七一
電話　編集部(〇三)三二六六―五四四〇
読者係(〇三)三二六六―五一一一

価格はカバーに表示してあります。

乱丁・落丁本は、ご面倒ですが小社読者係宛ご送付ください。送料小社負担にてお取替えいたします。

印刷・大日本印刷株式会社　製本・加藤製本株式会社

ISBN4-10-130831-4 C0195